丘の上の洋食屋オリオン

沖田 円

角川文庫
24028

目次

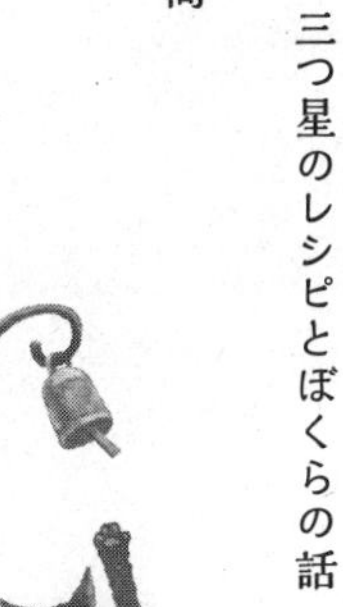

開店準備

　わたしの一日はネロと一緒にオリオンに出勤してから始まる。

晴ヶ丘(はるがおか)四丁目にあるアパートから、坂をのぼって五分ほど歩いたところ、丘の上の一番見晴らしのいい晴ヶ丘五丁目に『洋食屋オリオン』は建っている。

濃いオレンジの瓦(かわら)屋根と薄いオレンジの塗り壁、木枠の出窓に木製のドア。南欧の建築を参考にしたらしいオリオンの外観は、絵本の中の建物みたいだとお客さんによく言われる。築年数は四十五年。そこそこ古いけれど、定期的に手入れをして綺麗(きれい)で可愛い状態を保っている。

　建物の正面のドアには磨(す)りガラスの四角い窓があり、オリオン座を模(かたど)った鉄製の飾りが付いていた。上にふたつの星。下にもふたつの星。真ん中にはみっつ並んだ星。砂時計みたいな形のそれを細い線が繋(つな)げている。

　この飾りは、オリオンの初代オーナーであるわたしのおばあちゃんがこだわって特注で作ってもらったもので、オリオンに欠かせないシンボルであった。こだわったわりにオリオン座を正確に模していないことについては「このほうがなんかすっきりしてるから」と適当なことを言っていたのを憶えている。おばあちゃんはそういうところがある人だ。

駐車場の脇から続く裏口もあるが、朝一番に店に入るときは必ず正面のドアからと決めている。わたしが鍵を開けている間、ネロはキャリーバッグの隙間からプランターに咲く花たちに「にゃうにゃ」と挨拶をしていた。

――からん。

ドアに付いたカウベルが鳴る。早朝の店内は冷たい空気に満ちている。

わたしはキャリーを床に置き、ファスナーを開けてネロを出した。ネロは一歩足を踏み出すと、ぐっと背を反って伸びをした。

「ネロ、キッチンには入っちゃ駄目だよ」

長年オリオンの店員を務めているネロは、やっていいことと悪いことがわかっている。言わなくても決してキッチンには立ち入らないし、お客さんが食事をするテーブルにものぼらない。けれどわたしは一応毎日注意をする。ネロもわかってるよと言いたげに、毎日「んにゃむ」と面倒そうに答える。

オリオンのこぢんまりしたフロアには四人掛けのテーブル席が五つ並んでいる。オークの拵えで揃えたテーブルに、中古店で集めたために種類がばらばらの椅子。どれも開業時から長く使っているものだが、いまだにしっかりと役目を果たしてくれている。

天井は木の梁(はり)が横切り、丸い形のペンダントライトが下がっていた。床にはテラコッタのタイルが敷き詰められ、壁は優しいベージュで統一されている。

ホールとキッチンとはカウンターで仕切られていた。お客さんの席からキッチンが、そしてキッチンからも店内の様子がよく見えるようになっている。

ネロがお気に入りの出窓にのぼり、くああと大きくあくびをした。わたしはバックヤードに荷物を置いてから、伸びた髪をきっちりお団子の形にまとめた。

まずはキッチンの清掃を始める。昨夜の営業後にも掃除しているが、再度隅々までチェックする。調理台、コンロ、水回り、床の片隅まで見逃さず、せっせと汚れを蹴(け)散(ち)らしていく。

そのあとは調理器具の点検をし、続いて食器類も磨き直した。うちで使用している食器は高級品でも特別お洒落(しゃれ)な品でもないが、料理を引き立ててよりよく見せてくれるものを選んでいる。器やカトラリーも料理の一部。決してお客さんを不快にすることのないよう、何気なく心の弾む要素になるよう、食器のひとつひとつ、わずかの曇りもないように布巾(ふきん)で磨く。

業者から仕入れた品も様々届いたから、それらの確認も済ませた。新鮮な野菜に肉類、魚介類、乳製品。すべて長年付き合いのある取り引き先から送られた良品ばかりだ。気合を入れて整理をし、段ボールを片づけてふうっとひと息ついてから、バックヤードに向かい裏庭に続くドアを開ける。

「んにゃう」

足元を見るとネロがいた。ネロの顔は少し眠そうだった。

「ネロも水遣(みずや)りお手伝いしてくれるの？」

「にゃむ」

オリオンの裏には広い菜園があり、料理に使う植物をいくつか育てている。おばあちゃんがいた頃から菜園はあったが、アルバイトの蒼(あおい)くんがオリオンに出入りするようになってから種類がぐんと増えた。菜園の半分を占める温室も、蒼くんが欲しいと言って、蒼くんのお兄さんが設置してくれたものだ。

わたしは菜園の植物たちに水を遣り、サラダ用の葉物やトマトなどを収穫した。ネロが食べたそうにしていたからミニトマトをひとつだけあげたら、なんとも言えない顔をした。

収穫物をキッチンに置き、バックヤードに戻って自分用のロッカーを開ける。洗い立てのコックコートが中に一着かかっている。

メインは白で、襟と袖(そで)、ボタンに小豆(あずき)色を使ったデザインのコックコートがオリオンの制服だ。わたしは毎日着ているそれに着替え、小豆色のエプロンを腰に巻き、髪を結び直してキッチンに戻った。

「んにゃう」

出窓に帰っていたネロが外を見ながら何か言っている。間もなくカウベルが鳴り、店の正面のドアが開いた。

「おはよう、くるみ」

ショートカットの髪を耳にかけ、真湖(まこ)ちゃんが出勤してきた。

「おはよう真湖ちゃん」

「ネロもおはよう」

「にゃむる」

真湖ちゃんはわたしの兄のお嫁さんで、朝から夕方までオリオンを手伝ってくれている。ホール担当スタッフであり、オリオンのスイーツ職人でもある。

「真湖ちゃん、今日の日替わりスイーツは何にする？」

「今日はねえ、美味(おい)しいりんごが届いたはずだからアップルパイにするよ」

「おお、いいね。立派なのがたくさん入ってたよ」

真湖ちゃんがにかっと笑った。ネロが大あくびをして、とろんとした朝日を浴びながら体を伏せた。

わたしは気合を入れて仕込みを始める。まずはサラダ用の野菜をしっかり洗って切り分けて、それからハンバーグのタネを作り表面を焼き上げる。トマトソースを煮込み、シーザードレッシングの材料を混ぜ合わせる。

わたしがせっせと仕込みをしている間、真湖ちゃんはホール内の清掃をし、コックコートに着替えてからキッチンに来てスイーツ作りを開始した。

オープンまでの数時間は休む暇もない。料理は体力勝負であり、なおかつ繊細さも求められる。大変な作業だ。でも辞めたいと思ったことは一度もない。この仕事もこの店も、わたしにとって特別なものだから。

『洋食屋オリオン』は三年前におばあちゃんから受け継いだ。今は二代目オーナーシェフであるわたしと、ホール兼スイーツ担当の真湖ちゃん。夕方にやってくる高校生アルバイトの蒼くんと、看板である黒猫のネロ。このメンバーでのんびりと営んでいる。

「さあ、今日も一日頑張ろう」

そして準備が終わった午前十一時。丘の上の『洋食屋オリオン』は開店する。

どこにでもあるような、でも誰かにとって特別なお店。

今日もわたしたちのオリオンに、お客さんがやってくる。

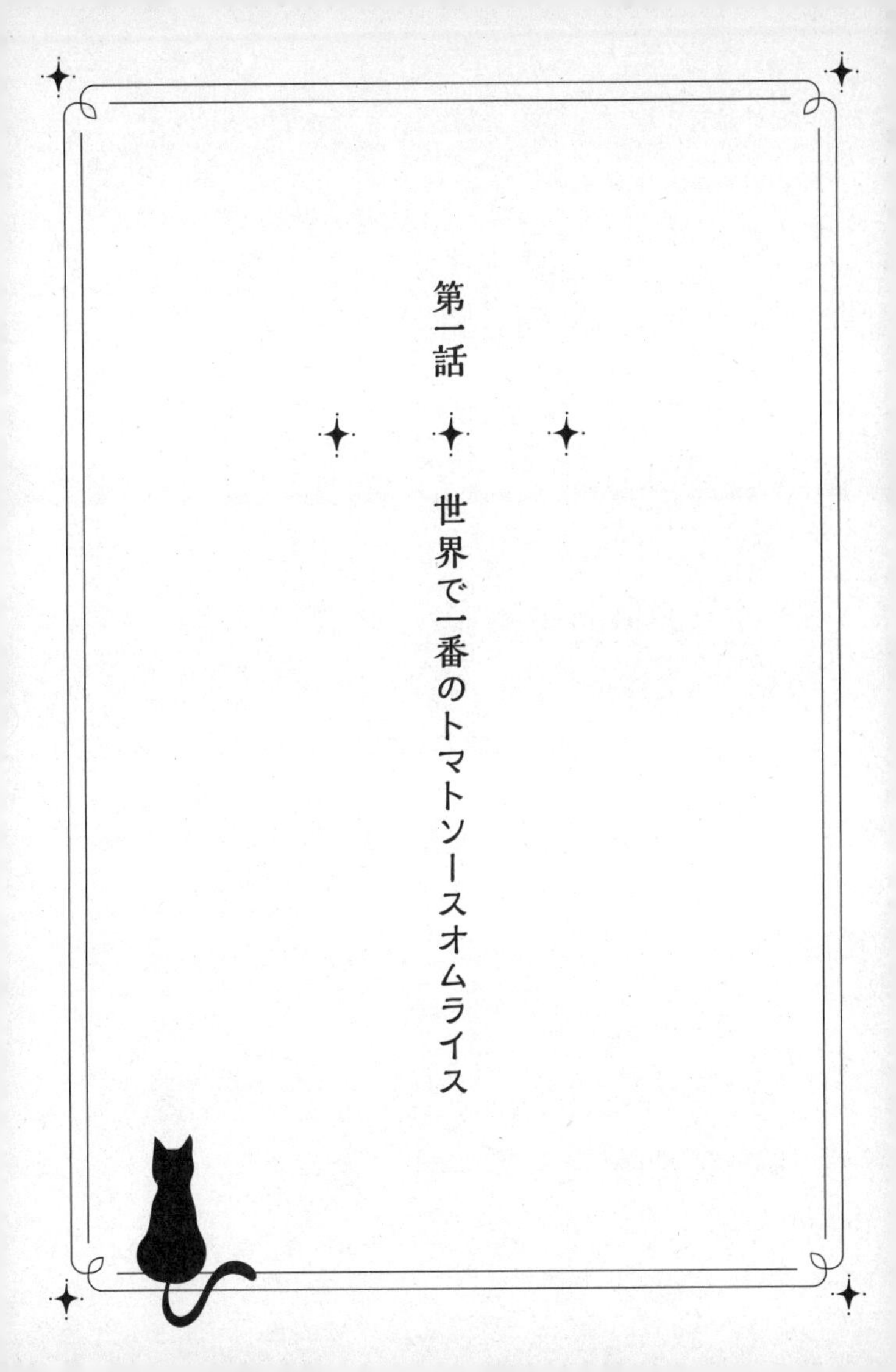

第一話

世界で一番のトマトソースオムライス

「潤、まだ見てないの？」

　煙草を吸い終わった叔父さんがベランダからリビングに戻ってきた。あたしは不細工な顔をしながら頷いて、大学のホームページを表示したままのスマートフォンを一旦テーブルに置いた。指先は冷えきっているのに、手のひらにはびっしょり汗をかいていた。

「うん。心の準備が全然できない」

「一時間前に見る決意したって言ってた気がするけど」

「言えば決意できるかなって思っただけ」

　あたしは溜め息を吐いてでろんとテーブルに突っ伏した。冷蔵庫で缶ビールを漁っていた叔父さんが正面の定位置に座る。

「あのなあ潤、今さら躊躇ったところで、もう結果は出てるんだぞ」

　プルタブを起こす音がする。あたしはのそりと顔を上げる。

「いや、あたしが見るまで合格してるか不合格かは決まってない」

「シュレーディンガーの猫ってやつか。シュレーディンガーの合格発表」

「てかさ、叔父さんだって少しくらい緊張してよ。あたしの人生の岐路なのに結果なんてどうでもいいわけ?」

叔父さんがぐびりとビールを飲んだ。ぷはあ、と息を吐き出す様は、まさしくオジサンそのものだったけれど、そう言ったらきっと傷つくだろうから口にしかけた思いは胸にしまった。叔父さんはオジサンと言われるのを嫌うのだ。

「そんなことないけどさ、別に落ちたら落ちたでまた来年頑張ればいいだけだろ。だから、結果がどうなろうが無駄にはならないって思ってるわけよ」

好きな銘柄の缶ビールをもたげながら叔父さんは言う。

「無駄になるよ。浪人しちゃうもん。一年間が無駄になる」

「長い人生の一年くらいどうってことないって」

「どうってことなくないよ。叔父さんはさ、いつもそうやってのんびり構えるけど」

体を起こして椅子の背にもたれかかった。最近買い替えた照明が眩しすぎて、鼻の頭に皺を寄せながら目を細めた。

あたしの第一志望の大学の入試結果は、今日の午前十時に発表された。今は午後の十時。合否を確認するのを躊躇っていたら半日も時間が経ってしまった。外出もしていないしほぼ動いてすらいないのに、なぜか体力がすり減り体がだるい。いや、使っているのは体力ではなく気力だろうか。

「あたしは絶対に受かりたいの」

浪人はしたくない。高校を卒業したばかりの十八歳の今、大学に行きたい。

周囲の友達がまだ受験モードに入る前から、一生懸命に勉強して自信をつけて、志望校を変えず試験に挑んだ。おかげで手ごたえはあった。自己採点も悪くなく、落ちている可能性はほとんどないと思っている。だからこそ、もしも、と考えすぎて、怖くなってしまう。

「潤なら大丈夫だよ。おまえはおれの姪っ子なんだから、心配ないって」

叔父さんはそう言い、ビールをもうひと口飲む。

「おれの姪っ子だからって、叔父さん大学行ってないじゃん。高卒でしょ」

「働きたかったから行かなかったの。行けなかったわけじゃないの」

「ふうん」

「なんならおれが代わりに見てやろうか」

「あわわ！　駄目駄目！」

叔父さんがスマートフォンを取ろうとするから慌てて先に摑んだ。

「こういうのはやっぱ自分で見ないと」

「なるほど？　じゃあちゃんと見なきゃな」

「うぅ」

唸りながら、消えていたスマートフォンの画面を点ける。さっき開いていた大学のホームページがそのまま表示されている。

三度深呼吸をし、手汗で湿った指で合格者発表のページを開いた。細かな表に数字がずらりと並んでいる。知ってはいたが随分味気ない。こんな簡素な表ひとつに自分の未来が書かれていると考えるとちょっとだけ虚しくなってくる。

まあ派手な演出があってもそれはそれで嫌か、なんて考えながら画面に指を滑らせ、羅列された数字から、あたしの受験番号『301028』を探す。

「……叔父さん」

「ん？　あった？」

「…………」

「え、なかった？」

ちらと上目で見上げると、叔父さんが不安そうに眉を八の字にした。なんだかんだで叔父さんも結果を気にしてくれているらしい。

ふうと息を吐き、スマートフォンをそっとテーブルに置く。

「あった」

「え？　え！」

「受かってたぁ！」

うわあいと雄叫びをあげ、両手を天井に突き上げた。開いた指の隙間から漏れる白い蛍光灯の光が、あたしを祝福してくれているみたいだった。

目指していた第一志望の大学に合格した。あたしは春から、大学生になる。

「やったよ叔父さん！」

「うおお！　やったなあ潤！」

落ちたら落ちたで、なんて言っていたくせに、叔父さんはお隣から苦情が来そうなほどの声をあげる。

「おめでとうなあ。よかったなあ」

「うん、ありがと叔父さん。ああでも本当よかったあ。なんか久しぶりにちゃんと呼吸した気がする」

「ずっと頑張ってたもんな。潤の努力の成果だよ」

叔父さんがテーブルに身を乗り出し「えらいえらい」とあたしの頭をわしゃわしゃ掻き混ぜるみたいにして撫でた。やめてよ、と言いはしても、あたしは口元をにやつかせてしまう。

「ほら、兄ちゃんたちにも報告してやれ」

叔父さんが言った。あたしはぼさぼさの髪のまま腰を上げ、リビングの隅に置いている三段ボックスの前に立った。

三段ボックスの一番上には写真と花が飾られている。写真は、あたしのお父さんとお母さんが写ったものだ。撮った日付は十二年前。ふたりが亡くなる数日前に、まだ六歳だったあたしが、大人の見様見真似でカメラを構え、シャッターを切った写真だった。

「お父さん、お母さん。無事に希望する大学に受かりました。あたしももうすぐ大学生です。新生活頑張ります」

写真のふたりに向かってそう言い、静かに手を合わせた。返ってくる声はない。あたしはもう、お父さんとお母さんがどんな声をしていたか、思い出すことができない。

「おれ明日仕事休みだし、お祝いになんかいいものでも食べに行こうか」

顔を上げ振り向いた。叔父さんはテーブルに置いていた豆菓子の袋を開けている。

「じゃあオリオン行きたい」

答えると、叔父さんは右の眉を上げた。

「オリオンなら別にいつでも行けるだろ。お祝いなんだから、もっと高いところでもいいんだぞ」

「でも受験勉強でずっと行けてなかったもん。なんか今めっちゃオリオンのオムライス食べたい」

「ああ、そういやそうだなあ。まあ潤が行きたいならそうするか」

「知香絵さんも呼ぼうよ」

「あ、そうだ、知香絵にも報告しないと」

叔父さんは自分のスマートフォンを手に取ると、すぐに知香絵さんにメッセージを打った。覗き見た画面には『潤、無事大学合格』という言葉と、明日の夕飯のお誘いが書かれていた。間を置かずに既読マークが付き、知香絵さんから返事が来る。

「お、あいつもオリオン行くって。仕事終わって六時くらいにはうちに来るってさ」

「わかった。あたし、明日学校に報告行ったあと、実茉里と遊ぶ予定があるから、オリオンで集合にしよ。六時半にオリオンに行くよ」

「了解。つうか、知香絵のやつ潤の合格については何も言ってくれないんだけど」

叔父さんが唇を尖らした。すると、あたしのスマートフォンがピロンと音を鳴らした。知香絵さんからメッセージが届いている。

『潤ちゃん、合格おめでとう』

笑顔と桜の絵文字がいっぱいに並んでいた。あたしは『ありがとう』と返して、知香絵さんの好きなキャラクターのスタンプを送った。

「潤もとうとう、うちを出てくんだな」

伸びをしながら、ひとりごとみたいに叔父さんが言った。

「そうだね」

あたしが受かった第一志望の大学は、この町から在来線と新幹線を乗り継いで数時間かかる距離にある。自宅から通うのは難しく、大学の近くでひとり暮らしをする予定になっている。

「せいせいするでしょ。邪魔者がいなくなって」

「そんなことないよ。むしろ寂しくなるなって思ってるんだ。おれはさ、毎晩隣の部屋から聞こえてくる潤の爆音の寝言を子守唄にしてたんだから」

「なら叔父さんのスマホにあたしの寝言録音してアラーム音に設定しといたげる」

「あ、お構いなく」

ふたりで声を揃えて笑った。自覚はないけれど、笑い方がそっくりだと知香絵さんによく言われる。叔父さんは昔からちょっと引き気味の笑い方をする。たぶんそれがあたしに移ってしまったんだと思う。

十二年も一緒にいたら、そりゃ似てしまうところも出てくるだろう。本当の両親よりも叔父さんと暮らした日々のほうが長いのだから。

でも、あたしはもうすぐ叔父さんと暮らしたこのマンションの一室から出て行く。叔父さんとのふたりだけの生活が、間もなく終わろうとしている。

「潤の新しい家も決めないとな。絶対オートロックあるとこじゃないと」

「家賃次第だよ。あたしは別にオートロックじゃなくてもいいし」

「馬鹿ちんが、女の子のひとり暮らしは用心し過ぎるくらいでちょうどいいの。家賃くらいおれが払ってやるから。一階も駄目だぞ」

「わかったよ。てか、自分で払えるから大丈夫。お父さんたちのお金も叔父さんが残してくれてるし」

「契約する前にちゃんとおれに相談しろよ」

「わかってるってば」

溜め息交じりにそう言うと、叔父さんは子どもみたいに下唇を突き出してビールを飲んだ。あたしは冷蔵庫から牛乳を取り出して、昔から使っているカップでホットミルクを作った。

「潤ともあんまり会えなくなっちゃうのかあ」
キャラメルマキアートに載ったホイップクリームを口元に付けながら、実茉里がしんみりと呟いた。先生に合格の報告をしに行ったときはあんなにはしゃいでいたくせ

に、学校を出た直後から妙にセンチメンタルになってしまっているようだ。

駅前のカフェの、窓際のカウンター席で、あたしは哀愁を漂わせる親友と道行く人々を眺めている。

「たまには帰ってくるよ。実茉里があたしんとこ遊びに来てもいいし」

「いや言われなくても行くって。でもさ、うちら小学校のときから今までほぼ毎日会ってたんだよ？　それが変わっちゃうの寂しいじゃん」

「そりゃね、そうだけど」

実茉里が受けた大学も昨日合格発表があった。実茉里は地元の大学を受け見事合格していた。小学校から高校まで同じ学校に通ったあたしたちは、春から別々の場所で過ごすことになる。実茉里はあたしたちの地元の晴ヶ丘で。あたしは縁もゆかりもない遠くの土地で。

「なんで潤、あたしと同じ大学にしてくれなかったの？」

実茉里がカップを両手に持ったままカウンターに突っ伏した。酔っぱらって愚痴をこぼしているときの叔父さんに似ているなと思った。

「なんでって、実茉里こそ、初めはあたしと同じとこにしようとしてたくせに。そっちが志望校変えたんじゃん」

「だって偏差値足りなかったんだもん！」

わっと泣き真似をする実茉里の背中をよしよしと撫でる。あたしだって実茉里と会えなくなるのは寂しいが、あたしたちは離れ離れになっても大丈夫だという気もしている。

「それにさ、うちは親が『あんたにひとり暮らしはまだ早い』って言って、近場の大学勧めてきたし」

顔を上げた実茉里が唇を尖らせる。

「実茉里んちのおじさんとおばさん、心配症だからね」

「あれは心配症なのか？　あたしを過小評価しているだけでは？」

「いや実際、実茉里って家事何もできないじゃん。部屋もとっ散らかってるし」

「ぐうの音も出ない」

「実茉里だって本当はまだ実家出たくないんじゃないの？」

「まあね、楽だし。潤は早く家を出て行きたがってたよね」

「まあね」

あたしは実茉里を真似してそう呟き、ホットのカフェモカをひと口飲んだ。

親友の実茉里には、他の人には言っていないこともいろいろと話してきた。早く家を出たい、というのは、中学生のときから実茉里にだけこぼしていたことだ。だから

あたしが遠方の大学ばかり志望しても実茉里だけは理由も訊かず、自分も一緒に行く

とさえ言ってくれた。

「潤の叔父さんは、潤が遠くに行くこと、なんか言ってなかった？」

訊かれ、あたしは首を横に振る。

「防犯面に用心しなさいってことくらいかな。叔父さんもほっとしてると思うよ、あたしがようやくひとり立ちしてさ」

「そりゃそうだろうけど」

「大学生になったら叔父さんに頼らずにひとりでやっていけるようにしないとね。あ、さすがに引っ越しの手伝いはしてもらうけど」

もうひと口カフェモカを飲んだ。チョコレートソースが甘すぎて、マキアートにしたらよかったとちょっと後悔した。

「ねえ潤」

と、実茉里が少しだけ声を小さくして呼ぶ。

「何？」

「ちゃんと帰ってきてよ。お盆とお正月くらいでいいから」

ちらと横を見ると、実茉里がじっとあたしの顔を覗き込んでいた。あたしは視線を真っ直ぐに向け、ガラスの向こうに行き交う人たちを見る。

「わかってるよ。帰ってくるって言ったじゃん」

「なんか潤、晴ヶ丘に戻ってこなそうなんだもん」

「なんでよ。そんなことないって」

「まあ、戻ってこなくてもあたしが行くからいいけどさ」

実茉里はストローに口を付けて、甘いキャラメルマキアートをちゅうと啜った。実茉里は甘いものが好きだ。あたしは、叔父さんの影響で、甘いのよりもほろ苦いコーヒーのほうが好きだった。

「だから、帰ってくるってば」

ふうんと実茉里が呟いた。あたしは甘いカフェモカの残りを一気に飲み干した。

叔父さんと知香絵さんは付き合ってもうすぐ十年になる。同い年で、ふたりとも三十二歳。ずっと仲良しで、お互いがそばにいて当たり前、いいところも悪いところもひっくるめて理解し合った間柄だ。

結婚の約束自体は随分前からしていたらしい。叔父さんと知香絵さんとで話し合って、あたしがひとり立ちしたら入籍しようと決めていたようだ。あたしとしては、叔父さんたちのタイミングで好きに結婚してくれてよかったのだけれど。叔父さんは変なところで頭が固くて、知香絵さんも妙なときだけ三歩下がってしまう節がある。どうやら大人にはけじめというものがあるようで、それをつけるまではと、ふたりは今の今まで籍を入れない関係を続けていた。

『次は、晴ヶ丘五丁目、晴ヶ丘五丁目』

アナウンスが響いたところで、座席の横にある降車ボタンを押した。駅前から出発したバスは、繁華街を抜けたあと、晴ヶ丘の緩やかな坂をのぼり続けていた。

晴ヶ丘一丁目のバス停で実茉里と別れて十分。晴ヶ丘の頂上付近にあるバス停で巡回バスは停車する。あたしは運転手さんにお礼を言って、前方の降車口からバスを降りる。

スマートフォンで時間を見ると、十八時三十分と表示されていた。もう少し早く着く予定だったのだが途中でバスが遅れてしまったみたいだ。早足で目的地まで向かっていく。

バス停のある道路から路地に入り、道なりに坂道を進むと、少しして丁字路に辿(たど)り着いた。そこの突き当たりに『洋食屋オリオン』は建っている。

オレンジの外壁に嵌(は)まった出窓から、柔らかな灯(あか)りが漏れ出ているのが見えていた。薄暗い、夜の始まりの空に、オリオンの明るさがじんわりと馴染(なじ)んでいる。この坂道から見えるオリオンは、晴ヶ丘の住人ならきっと誰もが見慣れているだろう。この土地が開発されたばかりの頃からある店だという。

晴ヶ丘に住む人で、オリオンに行ったことがない人はほとんどいないと思う。最近はSNSで噂が広まり、遠方からもお客さんが来るようになったみたいだけれど、地元の人たちも昔と変わらず、なんでもない日にオリオンに行く。

あたしが初めてオリオンに来たのは、叔父さんと暮らしはじめた小学一年生のときだった。そのときのオリオンは「あずきさん」と呼ばれているおばあちゃんシェフがひとりで切り盛りしていた。今のシェフ、くるみさんがあの店を継いだのは、確かあたしが高校に入ったばかりのとき、三年前だったはずだ。

あずきさんの孫であるくるみさんは、学生のときから時々オリオンを手伝いにきていた。高校を卒業して調理師の専門学校に入学し、そのあとはどこかのホテルで料理人をしていたって聞いたことがある。くるみさんがオリオンを継いでから、あずきさんの姿はぱったり見なくなった。でも、オリオンの味は、あずきさんのいた頃から変わっていない。

メニューはちょっと古くさくて、ここにしかない個性があるわけじゃない。美味しいのは間違いないけれど、他の店に比べてずば抜けていると言えるほどではない。それでも、なんとなく、無性にオリオンの料理が食べたくなるときがある。理由は自分でもよくわからない。たぶん、何かそういう魔法がオリオンの料理にはかかっているんだと思う。

――からん。

木製のドアを開けるとベルが鳴った。

オレンジがかった照明が、店の中をほんのり落ち着く明るさにしていた。なんの匂いだろうか、とても美味しそうな香りで満ちている。

「いらっしゃいませ」

テーブルを拭(ふ)いていた店員さんが振り返る。アルバイトの蒼くんだ。癖のない黒髪で塩顔の、ひょろりと痩(や)せた男の子。蒼くんはあたしの二個下、高校一年生で、店の人の身内というわけでもないのに中学生のときからオリオンに入り浸っていたらしい。あたしもたまに見かけることがあり、あの男の子はなんだろうと思っていたのだが、どうやら菜園の世話をしていたらしく、高校生になって正式にアルバイトとして働きはじめたと聞いた。もろもろの経緯は詳しくは知らない。

「あ、お連れ様、もういらっしゃっていますよ」

あたしに気づいた蒼くんが、店の奥を指し示した。入り口から見て右側の一番奥のテーブルに、叔父さんと知香絵さんが座っていた。ふたりが椅子の背もたれ越しに振り向いて、あたしにひらひらと手を振る。

「ごめん。ちょっと遅くなった」

ふたりのテーブルに向かい、空いている椅子に腰かけた。あたしの正面に知香絵さん、斜め前に叔父さんが座っていた。

「いや、おれたちもさっき来たとこだから」

「注文はした？」

「まだだよ、どれにするかも決めてないし。な、知香絵」

「うん。でもスイーツも食べちゃおうってことだけは決めたよ」

知香絵さんはカジュアルな服装の日が多いけれど、今日はちょっとお上品な格好をしていた。深いグリーンのニットのワンピースは、美人でスタイルのいい知香絵さんによく似合っていた。叔父さんは、いつもと一緒で安物のニットとストレートのチノパンだ。髭だけはきちんと剃ってきたみたいで、たまに生えている剃り残しが今日は見当たらない。

「さてと、何食べよっかなあ」

叔父さんがメニュー表を手に取った。それを開く前に、知香絵さんがぐっとテーブルに身を乗り出した。

「潤ちゃん、大学合格おめでとう」

知香絵さんが目を細くしてにっと笑う。

「あ、うん。ありがとう。昨日もメッセージ送ってくれて」

「送ったけどさ、やっぱ直接伝えないとね。潤ちゃんずっと勉強頑張ってたし、当然の結果だと思うけど、でもすごいよ。本当、おめでとう」

知香絵さんが腕を伸ばし、あたしの頭を優しく撫でる。あたしはほんの少し照れくさくなって前髪をいじった。

蒼くんがあたしの分の水とおしぼりを運んでくる。

「大学受かったんですね。おめでとうございます」

コップをテーブルに置きながら蒼くんが言った。あたしは一層恥ずかしくなって、視線を変なところに向けながら「ありがとうございます」と返した。

「で、何にする?」

叔父さんがメニュー表を開きながら言う。

「あたしはトマトソースオムライス」

メニューを見る間もなく答えると、叔父さんはにやりと笑った。

「知ってるよ。潤はいつもそれだもんな」

「いいじゃん別に。文句あるの?」

「そんなこと言ってないって」

叔父さんが唇をへの字にする。隣でメニュー表を見ていた知香絵さんが、ひょこりと顔を上げる。

「オムライス好きなんだねえ。でも潤ちゃん、他のお店だとそんなにオムライスばっか食べないよね」

「なんか、オリオンだとオムライス食べたくなるんだよね」

「好きなんだねえ」

　と知香絵さんはもう一度言った。

「あ、ねえ潤ちゃん、今日の日替わりはシフォンケーキだって」

「そうなんだ。知香絵さん頼むんだよね。あたしも頼もっと」

「わたしは、あと、オニオンソースのチキンソテーにしようかな。藤至（とうじ）は？」

「そうだなあ。ビーフカレーの気分かな」

「それも美味しそう。ひと口ちょうだい」

「チキンソテーひと口くれたらな」

　蒼くんを呼び、各々の料理を注文する。蒼くんは伝票に書いた内容を繰り返して、キッチンにいるくるみさんにオーダーを伝えに向かった。カウンター越しにくるみさんの姿が見える。くるみさんはこちらを見ると、にこりと笑みを浮かべ、作業に戻っていった。

　オリオンは、くるみさんと蒼くんの他に、真湖さんというスタッフさんもいる。真湖さんは大体昼間に働いているから今日はもういないみたいだ。店内のスタッフはくるみさんと蒼くんのふたりだけだった。

「にゃあ」

ふと声がして、足元を見る。真っ赤な首輪を着けた一匹の黒猫が、すぐそばでお座りをしてこっちを見上げていた。

「ネロ、久しぶりだね」

あたしはネロの頭を撫でる。オリオンの看板猫は、嫌がる素振りも見せず、まん丸の目を細くしている。

最近オリオンのお客さんが増えたのはネロのおかげだ。真湖さんが店のＳＮＳアカウントを作り、ネロの写真を載せたところ、黒猫が出迎えてくれるレストランとして人気が広まったらしい。

くるみさんの飼い猫であるネロは、オリオンが開店している間はずっと店の中にいる。艶々(つやつや)の毛並みが綺麗(きれい)な黒猫だけれど、こう見えてあたしと同い年らしい。猫で十八歳といえばかなりの高齢なのに、ネロはとてもおじいちゃんに見えない若々しさがある。そのうち尻尾(しっぽ)がふたつに分かれて猫又になるんじゃないかと、あたしは最近ちょっと楽しみにしている。

ネロはとても賢く、決して料理に手を出さないし、テーブルの上にも乗らない。でもとても人懐こいから、よく客のそばに来ては「撫でてくれ」と要求してくる。くるみさん曰(いわ)く、これはネロなりの接客であるらしい。

「半年くらい会ってなかったのに、あたしのこと忘れてなかった？」

訊くと、ネロは「にゃうん」と鳴いた。当たり前じゃないか、と言っていると思うことにした。

「ここの猫ちゃん、ほんと懐っこいよね」

知香絵さんが手を伸ばすと、ネロは知香絵さんのほうに向かう。撫でさせてやろうと言わんばかりに自分から手のひらに頭をすり寄せている。

「へへ、可愛い」

「にゃう」

「ネロって人見知りしないよなあ。おれが初めてオリオンに来たときもちっとも警戒されなかったもん」

「接客してるつもりなんだって。ネロは自分もオリオンの一員だと思ってるんだよ」

ネロを見ると、ネロもこっちを見て「にゃむ」と言った。叔父さんは「なるほど」と頷き、知香絵さんは眉をひそめる。

「じゃあ、わたしにすりすりしてるこれは、営業スマイルみたいなものってこと?」

「うん、そうなるね」

「営業か……何にせよ可愛いからよしとしよう」

ひとしきり愛嬌を振りまくと、ネロはあたしたちのテーブルから離れていった。カウンターの横にクッションの入ったカゴが置かれており、ネロはそこに入って大きなあくびをした。

　ひと組お客さんが帰って、新しくひと組入ってきた。キッチンからはとんとん、ことことと、絶え間なく調理する音が聞こえてくる。カウンターに置かれた料理を、蒼くんが他のテーブルに運んでいく。

「なあ知香絵、先に言っとく？」

　叔父さんが、テーブルの上で両手の指を組みながら、ちらと知香絵さんに目をやった。

「そうだね。もったいぶることでもないし、言っとこうか」

「だな」

　叔父さんと知香絵さんの視線が揃ってあたしに向いた。正直なところ、あたしはふたりが言おうとしていることの予想がついている。でも、黙って言葉を待った。

「あのな」と、叔父さんは照れたように鼻の頭を搔いた。

「おれたち、四月に籍を入れることにしたから」

　思ったとおりのことだった。あたしはゆっくり息を吐き出して、小さく吸ってから
「うん」と答えた。

「おめでとう」

　ありきたりだけれど本心から出た言葉だ。あたしは、叔父さんたちが選んだ道を祝

福できる日を待っていた。

「ありがと。潤も無事に大学受かったし、一応成人にもなったわけだしさ。潤が新生活始めるタイミングでおれらもって思って」

「うん、いいんじゃないかな。待たせちゃってごめんね、知香絵さん」

「何言ってるの。このタイミングにしようっていうのはわたしと藤至とで話して決めたことだよ。確かに付き合いは長いけど、待たされてると思ったことはないって」

知香絵さんは「それに」と横目で叔父さんを見る。

「言っとくけど、本当に待たされてたとしたら、わたし素直に待ってないよ。とっくに藤至のことなんて捨てて、他のいい相手を見つけに行ってるから」

不敵な表情を浮かべる知香絵さんに、叔父さんが苦笑いした。あたしが「ひひっ」と笑うと、叔父さんにじとりと睨まれた。

「で、結婚式とかするの？」

叔父さんの視線を無視して訊いた。あたしが水を飲むと、つられてか、叔父さんもコップを手に取った。

「いや、それも話し合ったんだけど、今のところはしないつもり。これから先何があるかわからないし、そこに金を使うよりは、将来のために貯めておくほうがいいかなって」

知香絵さんが頷く。

「その分美味しいもの食べたり、旅行したりしようってね」

「そうそう」

「ふうん」とあたしは呟いた。

「お待たせいたしました」

と声がする。蒼くんがお皿をふたつ持ってテーブルの脇に立っていた。叔父さんと知香絵さんの前にそれぞれのお皿が置かれる。

表面が香ばしく焼かれた鶏肉に、おろし玉ねぎのソースがかけられ、彩りにローズマリーの飾られたオニオンソースのチキンソテー。

深い皿に盛られたふっくらとしたごはんと、牛肉と玉ねぎだけのシンプルな具材が煮込まれた、空腹を刺激する香りのたまらないビーフカレー。

「ねえ、おれのカレーすごくいい匂いする」

「わたしのチキンソテーも美味しそうだよ」

ありがとう、と知香絵さんがお礼を言うと、蒼くんは軽く会釈してキッチンに戻っていった。間もなく、もうひと皿を持ってあたしたちのテーブルにやって来る。あたしが頼んだトマトソースオムライスだ。

「お待たせいたしました。トマトソースのオムライスです」

ことりと、料理の載ったお皿があたしの前に置かれた。真っ白のディナープレートに、焦げも破れもない綺麗なオムライスが盛られていた。

ライスを包み込みふんわりと丸みを帯びた卵と、そのてっぺんから雪崩れるようにたっぷりかけられた芳醇なトマトソース。添え物には店の菜園で採れた瑞々しいベビーリーフが数枚。お皿に触れるとほのかに温かく、近づけた鼻先に慣れ親しんだ匂いが届く。

最近はふわとろ卵のオムライスを出す店が多いけれど、オリオンのオムライスは薄焼き卵でチキンライスをしっかり包むスタイルだった。繊細な卵に合わせるトマトソースは、にんにくで香りを出し、トマトと玉ねぎをじっくり煮込んで作っているらしい。鍋に一緒に入れているバジルは、添え物のベビーリーフと同じく、この店で自家栽培しているものだそうだ。

もう何度食べたかわからない、オリオンのトマトソースオムライス。他の料理も美味しそうだけれど、あたしはオリオンに来るたび、この料理を選んでしまう。

「じゃ、みんなの分が揃ったところで、いただきましょうか」

知香絵さんがカトラリーケースをあたしのほうに置いた。そこからスプーンを手に取って、あたしは両手を合わせる。

「いただきます」

お皿に溜まっているトマトソースを卵の端のほうにかけた。あたしはいつもオムライスは端から食べる。スプーンをゆっくり差し込んで、中のチキンライスごと掬い上げる。ケチャップの絡んだチキンライスから、バターの混ざったいい匂いがする。

ふう、と少しだけ息を吹きかけて、スプーンいっぱいのオムライスを頬張った。甘い卵と香ばしいチキンライス、そして、具材の食感がつぶつぶと残った、とろみのある濃いトマトソースの味が、瞬く間に口の中に広がる。

懐かしい味だ、と、食べるたびに思う。本当は、オムライスならデミグラスソースが好きだし、半熟のとろとろ卵のほうが好みなのに。ふと昔のことを思い出すみたいに、オリオンのオムライスを食べたくなる。初めてこれを食べたときのように、何度食べても、世界で一番美味しいと思ってしまう。

「美味いか？　潤」

叔父さんがスプーンを持ち上げながら言った。

「うん。すごく美味しい」

「そっか、よかったな。オリオンのオムライス美味いもんな」

叔父さんはにかっと笑って、自分のビーフカレーを頬張った。あたしもオムライスをもうひと口食べる。お皿はあっという間に空になり、最後に少しだけ残ったトマトソースを米粒と一緒にすくってはくりと食べた。

食後には、生クリームとミントが添えられたシフォンケーキが運ばれてきた。オムライスだけでお腹は膨れていたがスイーツはもちろん別腹だ。残さず食べ終え、ホットコーヒーでひと息ついてから店を出た。来たときには春めいた温度だった空気が、ひんやりと冷たくなっていた。

「ねえ、席にスマホ置いてきちゃった」

オリオンを出てから少し歩いたところで、あたしはそう言った。数歩先を歩いていた叔父さんと知香絵さんが振り返る。

「はあ？　忘れ物ないかって店出るとき言ったろ」

「聞いてなかった」

「まったく。ほら、待っててやるから取ってこいよ」

叔父さんがブルゾンの襟元を寄せながら言う。

「先に帰っててていいよ。すぐ追いつくから」

「もう暗いし、ひとりだと危ないだろ」

「大丈夫だって。じゃあとで」

ひらひらと手を振りオリオンに戻る。背中越しに叔父さんの溜め息と、知香絵さんの小さな笑い声が聞こえていた。ドアの前で振り返ると、歩いて行く叔父さんたちの後ろ姿が見えた。あたしは出てきたばかりのオリオンのドアをもう一度開ける。からんとベルが鳴り、テーブルを片づけていた蒼くんが顔を上げる。

「あ、どうされました？　忘れ物でもありましたか」

「いえ。あの、ちょっと訊きたいんですけど、ここって貸し切りってできます？」

おずおずと訊ねると、蒼くんは視線を斜めに向けて、「少々お待ちください」とキッチンのほうへ向かった。少しして、カウンター越しにくるみさんが顔を出す。

「貸し切りね、事前に言ってくれれば対応するよ」

カウンターに身を乗り出してくるみさんは言う。丸顔で目もまん丸いくるみさんは、下手をすると十代にも見えるけれど、意外にももう二十七歳だという。童顔なのを気にしているらしく、若く見えると言うとちょっと機嫌が悪くなる。

「でも、あの、たぶん十人も呼ばないから、貸し切っちゃっていいかわかんないんだけど」

「全然いいよ。やるやる」

「あ、ありがと」

随分軽い返答にあたしのほうが戸惑ってしまった。自分から言っておきながら、経営は大丈夫だろうかと心配になってしまう。

「えっと、それと、料金はどれくらいかかるかな」

「数時間くらいなら料理の代金だけでいいよ。メニューは先に決めといてもらえるとありがたいかも」

「うん」

「時間はどれくらいを想定してる？」

「そうだな……大したことはできないから、準備も合わせて三時間くらいかな。呼ぶとしたら、知香絵さんのパパとママと、あと暇してそうな叔父さんの友達……あ、実茉里にも手伝ってほしいから実茉里の分も」

「潤ちゃん、何をやろうとしてるの？」

　くるみさんが悪戯(いたずら)っ子みたいな表情であたしを見た。あたしは唇をきゅっと引き結び、こくりと小さく頷(うなず)く。

「あのね、叔父さんと知香絵さんが、四月に結婚するんだって。でも結婚式はしないみたいだから、せめてお祝いパーティーしてあげたくて。その、あたしもうすぐ家を出るし、今まで叔父さんにお世話になったお礼みたいなのも含めて、晴ヶ丘にいる間に何かできたらいいなって」

　本当はもっと大きなものを返さないといけない。叔父さんは十二年もの間あたしを親代わりになって育ててくれたし、知香絵さんは嫌な顔を一度も見せずにあたしたちのそばにいてくれた。

　大きな借りがある。でもまだそれを返しきることはできないから、せめて今できることをしたい。あたしは、叔父さんと何度も訪れたこの店で、叔父さんに伝えたいことがある。

「遅くても二週間後くらいまでにはやりたいんだけど、いいかな」

「二週間後ね。うん、大丈夫」

「はっきりした参加人数は早めに連絡するから。よろしくお願いします」

くるみさんと蒼くんに頭を下げた。ふたりは目配せし合ってから、あたしに向かい頷いた。

「おまかせください。オリオンは潤ちゃんに全面協力しますので」

いつの間にか足元に来ていたネロが「にゃうにゃ」と鳴いた。

小学一年生のときにお父さんとお母さんが死んだ。大雨の日、仕事帰りのお父さんを、お母さんが駅まで車で迎えに行った帰り道、スリップしたトラックが起こした事故に巻き込まれ、ふたりともひしゃげた車の中で死んだ。
あたしはその日、留守番をしていた。まだ家にひとりでいることなんてほとんどなくて、一緒に行きたいと言ったのだけれど、雨が酷くなっていて危ないからとお母さ

んに説得され、家に残ることになったのだった。

時間が経ってもお母さんたちが帰ってこなくて、不安になったあたしは、雨が降る中を外に出た。あまり憶えていないけれど、ひとりでさまよっているところを近所の人に保護されて、しばらくその人の家にいたらしい。真夜中、待ちくたびれて寝てしまったあたしを迎えに来たのは叔父さんだった。もうお父さんとお母さんに会えないことをあたしに伝えたのも、そのときまだ二十歳だった、叔父さんだった。

お父さんとお母さんの葬式には親戚が集まった。みんな、悲しみに暮れるよりも、あたしをどうするか話し合っていた。誰が遺された子どもを引き取るか。

一番近い身内は母方の祖父母だった。ただ、お母さんは祖父母と折り合いが悪く、結婚後はほとんど交流を持っていなかった。愛着のない孫を、祖父母は引き取る気などなかったようだ。他の親戚も、まだ手のかかる年齢の子どもを育てていくことを躊躇った。あたしは賢い子ではなかったけれど、みんながあたしを厄介に思い、押し付け合っていることはわかっていた。あたしだってどこにも行きたくない。早くお父さんとお母さんに迎えに来てほしい。葬儀場の隅っこで、あたしはひとりで泣いていた。

――じゃあおれが引き取るよ。

親戚たちの話し合いの場で、たったひとりそう言ったのが叔父さんだった。誰もが驚き、独身で歳も若い叔父さんが子どもを引き取ることを不安がった。けれど、代わりに引き取ると言った人は誰もいなかった。

隠れて話を聞いていたあたしを見つけたとき、叔父さんは驚いた顔をした。でもすぐ優しい表情を浮かべて、

——なあ潤。今日からおれと一緒に暮らそうか。

と、そう言った。

お父さんの歳の離れた弟である叔父さんとは、それまであまり会ったことがなかった。お父さんと叔父さんは母子家庭で育ち、ふたりのお母さん……あたしのおばあちゃんに当たる人は、あたしが生まれるより前に病気で亡くなっていた。叔父さんは、お父さんが働いて貯めたお金で高校を出たそうだ。お父さんと叔父さんは仲がよかったけれど、叔父さんが就職してからは忙しくて顔を合わせる機会が減ってしまい、だからあたしも、数えるほどしか叔父さんに会ったことがなかった。身内という感覚もほとんどない。一緒に暮らそうと言われても、あたしは頷けなかった。でも他に行くところはないし、お父さんもお母さんもいつまでも迎えに来てくれない。だから、あたしは言われるがまま、晴ヶ丘という土地にある叔父さんの家に行くしかなかった。

叔父さんとの暮らしは、お父さんとお母さんがいた頃とまったく違った。ごはんは手作りじゃないし、お風呂（ふろ）にはひとりで入らなきゃいけない。留守番している時間が

長くて、叔父さんは眠るまでそばにいてもくれない。服を選ぶセンスもない。髪の毛も可愛く結んでくれない。お父さんとお母さんとは、全然違う。

両親が死んだこともまだ理解できず、あたしは家に帰りたい、お母さんたちに会いたいと何度も泣いた。叔父さんとまともに話をすることもほとんどなかった。叔父さんに、あたしは少しも心を開いていなかった。

汚れた作業着姿でくたくたになりながら帰ってきた叔父さんが、でもあたしの前では疲れた素振りを見せないことにも、眠った振りをしたあたしの頭を毎晩撫でてくれていることにも、本当は気づいていたのだけれど。

――潤、今日は美味いもの食べさせてやるよ。

叔父さんと暮らしはじめて、ちょうど一ヶ月が経った頃だったと思う。叔父さんはそう言うと、外に出たがらないあたしを無理やり引っ張って、近所にあるレストランに連れて行った。

晴ヶ丘の上に建つ『洋食屋オリオン』。絵本の中に出てくるような可愛らしい建物の店で、外にまで美味しそうな料理の匂いが溢れ出ていた。

木のドアを開けるとからんと鐘の音がした。店の中も可愛くて、外よりもっといい匂いがした。

――何が食べたい？

空いているテーブルに座り、叔父さんはメニュー表を開いた。あたしは黙りこくったまま俯いていた。お腹は空いたし、いい匂いの元を食べたくて仕方なかったくせに、それを叔父さんに言いたくなかった。

――わたしのおすすめはトマトソースオムライスです。

ふと声がした。エプロン姿の女の子が水とおしぼりを持ってきた。当時高校生で、店の手伝いをしていたくるみさんだった。叔父さんは、ちょっとほっとした様子で、オムライスをふたつ頼んだ。

料理はすぐに届いた。テーブルまで持ってきてくれたのは、シェフのあずきさんだった。

――どうぞ。トマトソースオムライスです。

あたしの前には、綺麗な卵で包まれ、とろりとしたトマトソースのかかった、できたてのオムライスが置かれていた。叔父さんが先にひと口食べ、美味しい、と目を丸くした。けれどあたしは変な意地を張ってしばらく手を付けず、叔父さんは困った顔をしていた。

――嫌なこととか悲しいことがあるときほど、しっかりごはんを食べないといけないよ。

いつの間にかテーブルの前に立っていたくるみさんが、あたしにそう言った。顔を上げると、くるみさんはにこりと笑う。

――美味しい料理には、幸せになる魔法がかかってるんだから。

そんなわけないとあたしは思った。でも、確かに美味しそうなオムライスと、ぐうと鳴り続ける自分のお腹の音に負け、ようやく、ひと口、オムライスを食べた。

食べたら、またひと口。飲み込んだら、さっきよりも大きいもうひと口。止まらず食べ続けた。甘い薄焼き卵と、温かいチキンライス。ほのかな酸っぱさと甘みの混ざった、真っ赤なトマトのソース。

お父さんたちがいなくなってから何を食べても美味しいと思わなかった。食事が嫌いだった。あたしは、家族三人で食卓を囲む時間が大好きだったから。

お父さんたちがいなくなってから初めて、ごはんを美味しく思えた。こんなにも美味しいものがこの世にあったのかと驚いた。もちろん大袈裟(おおげさ)で、似たようなものを食べたことくらいあったと思う。でも、そのときのあたしは確かに心からそう感じたのだ。このオムライスは、世界で一番に美味しいと。

ぽろぽろと涙がこぼれた。悲しいんじゃなく、家族みんなでごはんを食べた、温かい時間を思い出していた。

――美味いか？　潤。

叔父さんがそう訊(き)いた。叔父さんも泣いていた。あたしは口のまわりをソースで汚しながら頷いた。叔父さんは優しく笑って、自分のオムライスを食べはじめた。叔父さんが最初のひと口以外を食べていなかったことに、あたしはようやく気がついた。

あたしたちは泣きながらオムライスを食べた。

その日から、叔父さんとの暮らしが少しずつ変わった。あたしは叔父さんとたくさん話をするようになり、だんだん我儘も言うようになった。叔父さんも、あたしに困らされる代わりに、他人の子どもにするような余計な気遣いがなくなっていった。

新しい学校では親友もできた。三年生のときには、叔父さんの狭いアパートから、近所にできたマンションに引っ越した。あたしは背が伸びて、叔父さんには家族になりたいと思える相手ができた。中学生になると素直になれなくなるときもあったけれど、あたしがちょっと冷たい態度を取ると、あからさまに叔父さんが落ち込むから、なんだか可哀想になってすぐに反抗期を終えた。

あたしが知香絵さんに会ったのは、叔父さんたちが付き合いはじめて一年が経った頃だった。あたしは初めこそ警戒したけれど、優しい知香絵さんをすぐに好きになった。ずっと憧れていたお姉ちゃんという存在ができたみたいで嬉しかったのだ。

叔父さんに話しにくいことは知香絵さんに相談することもあった。知香絵さんは、あたしのくだらない悩みをどんなことだって聞いてくれた。それが叔父さんにばれると、叔父さんはやっぱり落ち込んだ。なんでおれには話してくれないんだって。その度に知香絵さんに叱られていた。潤ちゃんはもう小さな子どもじゃないんだから、異性であるあなたには言えないこともあるんだと。そうかあ、と呟く叔父さんは、あまり見たことのない表情をしていた。

そんなふうに、十二年が過ぎた。あたしはやっと十八歳になった。

「ねえ潤、こんな感じでいい？」

バルーンの配置に悩んでいるあたしに実茉里の呼ぶ声がかかる。振り返ると、さっきまでなかった花が各テーブルに飾られていた。今朝オリオンに来る前に買ってきた生花だ。小瓶に綺麗に活けて置かれている。

「え、めっちゃ可愛い。実茉里さては天才か？」

「そうだよ」

「全然謙遜しないじゃん」

ふたりで声をあげて笑った。時計を確認すると、十一時半を過ぎたところだった。あと十分もしないうちに声をかけた人たちが来店しはじめるだろう。そして十二時には、何も知らない叔父さんと知香絵さんがオリオンにやって来る。

「実茉里、この飾り、ここらへんでいいと思う？」

「もうちょい上でもいいんじゃない？」

「このあたり？」

「うん、いい感じ」

色とりどりのバルーンやガーランドを壁に飾りつけていると、出窓で寝ていたネロが目を覚まし、とっと足元に下りてきた。

「むにゃう」

「ネロ、あたしたちの飾りつけどうかな」

「うにゃ」

「最高だって？ ありがとね」

小さな頭を撫でてやる。猫を飼っていたことのある実茉里は、慣れた手つきでお尻をぽんぽんと叩いていた。

「おお、素敵になってる」

くるみさんが様子を見にやって来た。キッチンからは、頼んでいたビーフシチューの匂いが漂っていた。

「くるみさん、お店を飾らせてくれてありがと。こっちの準備は終わったよ」

「わたしたちも仕込みはばっちりだよ。いつも以上にはりきって美味しい料理を作ったからね」

「へへ、楽しみ」

「ところで、準備が終わったなら見せたいものがあるんだけど。ちょっとこっち来てくれる？」

そう言ってくるみさんはキッチンへと戻っていく。あたしは実茉里と顔を見合わせて首を傾げた。とりあえず、実茉里を残しあたしだけキッチンに向かった。くるみさんと、真湖さんと蒼くんも揃っている。あたしは目を見開いた。

ステンレスの調理台の上に、大きなホールケーキが用意されていた。ふわふわの生クリームに、贅沢（ぜいたく）な数のいちごとブルーベリーが載り、彩りにミントがあしらわれたケーキだ。

「びっくりした？」

くるみさんがにっと笑う。あたしは素直に頷いた。

「どうしたのこれ」

「真湖ちゃんが早朝から腕によりをかけて作ってくれました」

くるみさんがそう言うと、真湖さんが右手でピースをした。

「はい。わたしが腕によりをかけて作りました」

「ブルーベリーとミントは蒼くんが愛情込めて育ててくれたものです」

「はい。ぼくが愛情込めて育てました」

蒼くんも真似して控えめなピースをする。

店のドアがからんと開く音がした。誰かが来たようだ。実茉里が声をかけてくれているのが聞こえる。

「今日のスイーツ、このケーキにしようと思うんだけど、いいかな？」

くるみさんに訊かれ、あたしは曖昧に首をひねった。

「そりゃいいに決まってるけど、でもあたし、こんなすごいの頼んでないよ」

「うん、これはオリオンから潤ちゃんへのプレゼントなので。もちろんこの分のお金はいらないよ」

「そんな、悪いよ。今日の貸し切り自体、お店に負担かけちゃってるのに」

「気にしないでいいって。長年の常連さんである潤ちゃんの、大学合格のお祝いってことでさ」

ね、とくるみさんが真湖さんと蒼くんを振り返った。ふたりとも笑顔で頷く。

あたしはパーカーの裾をぎゅっと握り締めた。少しだけ目を伏せて、くるみさんの小豆色のエプロンを見ていた。

「ありがとう」

叔父さんと知香絵さんは喜んでくれるだろうか。ふたりも好きなオリオンの料理があって、知香絵さんの家族やふたりの友達も祝いに来てくれて、くるみさんたちが、嬉しいプレゼントまで用意してくれて。

　叔父さんたちなら、笑えちゃうくらい喜んでくれるに決まっているけれど。きっと今日が、思い出に残る一日になるほどに。

「プレートには『Happy Wedding』って書くつもりだったんだけど、潤ちゃんが書いたほうがいいかなって思って」

「上手に書けるかな」

「こういうのは上手い下手じゃなくて心が大事なんだよ」

　真湖さんがチョコペンとホワイトチョコのプレートを持ってきた。あたしはスマートフォンで綴りを確認しながら、結婚のお祝いの言葉をプレートに慎重に書いていく。

「でも潤ちゃん、進学で遠くに行っちゃうんだねえ。わたし、潤ちゃんは地元離れないもんだと思ってたよ。藤至さんとも仲良しだしさ」

　くるみさんが言う。また誰かやって来た。時間は十一時四十分だった。叔父さんたちと約束したのは十二時ちょうど。パーティーのことは内緒にしていて、引っ越す前にもう一度オリオンで食事をしたいからと、今日の約束をした。あたしは実茉里に会ってから行くから、ふたりで一緒にオリオンに来て、と。

「出て行くに決まってる。あたし、早くあの家を出たかったんだ」

視線は手元だけを見ていた。下手くそなチョコレートの文字が、ひとつずつプレートに浮かんでいく。

早く大人になって、ひとりで生きていきたいと、ずっと思っていた。

突然始まった叔父さんとの暮らしの中で、あたしたちは少しずつ心の距離を近くしていった。お父さんとお母さんに向けていたのと同じものを、いつからか叔父さんにも向けるようになった。叔父さんからも、まったく同じものを貰っていた。それに気づいたときから、あたしは、自分がひとり立ちできる日をずっと待っていたのだ。

「叔父さんがあたしを引き取ったときってさ、まだ二十歳だったんだよ。もう働いてたって言っても、そんな歳で急に子どもひとりを家族に迎えて育てるなんて、あたしなら絶対にできないよ。なのにさ、叔父さんはあたしを引き取って、今までちゃんと育ててくれたんだ。それってすごいことだよね」

あのときの叔父さんと近い歳になって、叔父さんの決断がいかに無謀で覚悟のいることだったか身に沁みてわかるようになった。小さなあたしは自分のことに精一杯で、叔父さんの思いなんてちっとも考えなかったけれど、十八歳になった今は違う。

「あたしを引き取ってから今までの叔父さんの人生で、あたしがいなかったらできたはずのことがいっぱいあると思う。我慢しなきゃいけなかったことも、あたしのせいで諦めたこともあると思う。まわりから色々言われたりしてたのも知ってる。あたしのせいで、叔父さんは辛(つら)いことをたくさん経験してた。あたしを引き取らなきゃよかったって思うことも、たぶん何回もあったと思うんだ」

あたしがいなかったら、叔父さんはもっと友達と遊べていたかもしれない。旅行も行って、趣味を楽しんで、したい勉強をして、お金を貯めて。もしかしたらもう結婚して、自分の子どもだって生まれていたかもしれない。

あたしがいなかったら、きっと叔父さんの人生は、今と全然違うものになっていただろう。

「あたしね、叔父さんの時間をたくさん奪ってた。だから早く大人になってあの家を出たかったんだ。早く叔父さんを、自由にしてあげたいって思ってた」

過ぎた十二年を返すことはできないけれど。

「やっと、これからは、叔父さんの好きなように人生を送らせてあげられる」

今まで叔父さんを縛ってごめんねって、あたしはずっと、そう伝えたかったのだ。

――からん。

ベルが鳴る。オリオンがどんどん賑(にぎ)やかになる。

「そっか」

くるみさんが呟(つぶや)いた。あたしは、かろうじて『Happy Wedding』と読める文字をプレートに書ききった。

「潤ちゃんの思いはきっと伝わるよ。うちの料理を食べたらね」

　くるみさんが笑った。あたしは完成したプレートをケーキの中央に飾った。

　招待した人は実茉里を含めて六人。知香絵さんの両親と妹さんに、叔父さんの友達がふたり。時間どおりにみんなが店に来てくれた。あとは叔父さんと知香絵さんがオリオンに来るのを待つだけだ。

「くるみさん、クラッカー鳴らしたいからネロを一旦(いったん)避難させたいんだけど」

　キッチンへ声をかけると、顔を上げたくるみさんがカウンター越しにひらひらと手を振った。

「ネロはそういうのなんでか平気なタイプだから大丈夫だよ。むしろ仲間外れにすると怒るから一緒にいさせてあげて」

「そうなんだ。じゃあネロも一緒にお祝いしてくれる？」

　ネロを見ると、目を細めて笑ったような顔をした。あたしは実茉里の真似をしてネロのお尻(しり)をぽんぽんと叩(たた)いた。

　午前十一時五十五分。

「潤、叔父さんたち来たよ！」

　ネロと一緒に窓の外を見ていた実茉里が言った。間もなく、からんとベルの音を立て、オリオンのドアが開いた。

きょとんとした顔の叔父さんと知香絵さんに向かい、一斉にクラッカーを鳴らす。

「叔父さん、知香絵さん、結婚おめでとう」

色とりどりのテープが舞っていた。丸く見開かれたふたりの目が、徐々に細くなって笑顔になった。笑い声がオリオンに響く。キッチンからは美味しそうな匂いがしている。

「ありがとう、みんな。びっくりした、何これ」

「サプライズパーティーだよ。ふたりの結婚祝いのね」

「潤ちゃんが企画してくれたの？」

「まあね。ふたりにはお世話になったから、何かお返しがしたくてさ。ほら座って。くるみさんたちが美味しい料理作ってくれてるから、みんなで食べよう」

テーブルに着くと、まずは飲み物が運ばれてきた。叔父さんの友達がそれっぽい挨拶をし、みんなで乾杯をした。賑やかな時間の中、料理が順番に運ばれてくる。サラダにスープ、そしてバゲットとメインの品。

招待した人たちのメインにはビーフシチューを頼んだ。けれどあたしと叔父さんと知香絵さんの前にだけは別の料理が運ばれてくる。

「お待たせいたしました。トマトソースオムライスです」

薄焼き卵に包まれたチキンライスに、とろみのあるトマトソースがかけられたオムライス。あたしがこの店に初めて来た日に食べた料理だ。あたしたちだけこのメニューにしたことに、はっきりと理由があるわけじゃない。ただ、叔父さんと一緒にオリオンで何かを食べるなら、やっぱりオムライスしかないと思った。

「あ、ビーフシチューかあって思ってたけど、やっぱり潤ちゃんはこれだよね」

知香絵さんから差し出されたスプーンを受け取る。

「ビーフシチューのほうがよかった？」

「ううん。今日は潤ちゃんの門出のお祝いでもあるから、潤ちゃんの好きなオムライスを一緒に食べるほうがいいよ」

そうだよね、と知香絵さんが叔父さんを見る。

「うん、そうだな」

叔父さんは「いただきます」と両手を合わせて、オムライスの端にスプーンを差した。あたしも同じようにする。オリオンのオムライスは、今日もいつもと変わらない味がする。

「美味いか？　潤」

叔父さんが言う。

「うん、すごく美味しい」

「そっか。このオムライスさ、おれが潤を連れて初めてオリオンに来た日、一緒に食べたよな」

「うん」

　隣のテーブルでは、叔父さんの友達と実茉里が何かの話で盛り上がっていた。年齢も違う赤の他人とよくすぐに打ち解けられるなと、実茉里の馬鹿笑いの声を聞きながら、あたしはオムライスを頬張っていた。

　かたんと、叔父さんがスプーンを置いた。叔父さんのオムライスは、まだほとんど減っていなかった。

「叔父さん？」

「……ごめん」

　そう呟いた叔父さんは、泣いていた。眉を八の字にして唇を震わせていた。

「え、叔父さん、どうしたの」

「や、なんか、これからは今までみたいに潤と食べに来られないんだなって思ったら、泣けてきた。悪い、恥ずかしいから見ないで」

　叔父さんが顔を伏せる。あたしは困惑しながら知香絵さんを見た。知香絵さんは優しい表情で微笑むばかりだった。

「ごめん」と、叔父さんがもう一度言う。トマトソースの匂いがあたしたちのテーブルを包んでいる。

「嫌だな、情けないよ。潤が自分の力で踏み出して、選んだ未来進もうとしてんのにさ。おれ、もう、寂しくて仕方ないいんだよ」

知香絵さんが差し出したハンカチを、叔父さんは使わずにテーブルの上でぎゅっと握り締める。

賑やかな店の中、でもあたしは何も言えずに叔父さんを見ている。

「……あのとき、おれにとって道しるべみたいな存在だった兄ちゃんが死んで、ひとりきりになったように思ってた。もうどうしたらいいかわかんなくなってさ。でも、潤がいてくれたからどうにか折れずにいられたんだ。おまえのちっこい手とか、寝顔とか、そんなんがそばにあるだけで、ひとりじゃないんだって安心できて。同時に、潤を守らなきゃいけないんだから、おれがちゃんと前向いて背筋伸ばさなきゃって思って」

「…………」

「潤がいなかったらって考えると怖いよ。たぶん、ずっと進む先を見失ったままだっただろうし、知香絵にも出会えてなかったと思う。潤がいてくれたから、今のおれの当たり前の毎日があるんだよ」

俯く叔父さんの目から涙が落ちる。叔父さんは慌ててハンカチを目に当てた。洟を

「叔父さん」

啜り、肩を震わせて、叔父さんは子どもみたいに泣いていた。

叔父さんが泣くところなら何度も見たことがある。お刺身にわさびを付けすぎて泣いたことがあるし、あたしが白けてしまうようなわかりやすい感動物の映画でも毎回必ず律義に泣く。知香絵さんを怒らせてしまった日もどうしようと泣きついてきた。お父さんとお母さんが死んだときも、叔父さんはずっと泣いていた。ふたりで初めてオリオンのオムライスを食べた日も。

何度も見たことのある叔父さんの涙に、どうして今さら、あたしまでつられそうになるんだろう。

「ずっと一緒だったから寂しいよ。慣れるまで時間かかりそうだ。でもさ、おまえの決めた道なんだから、ちゃんと応援しないといけないよな。巣立つのを見送って、遠くから支えてやるのが、親の役目ってやつだもんなあ」

手の甲で瞼を拭い、叔父さんが顔を上げた。目と鼻の頭を真っ赤にしながら、いつもみたいに笑っていた。あたしはすぐに笑い返せない。

「まあ、親の役目って言ったって、おれは、おまえに親らしいことなんて何個やってやれたかわかんないけど」

「……叔父さん」

何もわかっていなかったのかもしれない。

あたしは、叔父さんのことも、大切な人を亡くしたあたしたちがふたりで紡いできた十二年のことも、何もわかっていなかった。

今日は、叔父さんに謝ろうと思っていたんだ。迷惑をかけ続けてごめんねって。やっとひとりにしてあげられるよって。

ねえ叔父さん。叔父さんにとってのあたしは、本当はどんな存在だったのかな。

もしも、あたしにとって叔父さんが何より特別な存在だったみたいに、叔父さんにとってのあたしもそうであったのなら。これまでの日々が、与えられるばかりじゃなかったなら。そうありたいと思っていたようになれていたのなら。

これからのあたしたちも、そうであれるのかな。かけがえのない本物の家族に。

「叔父さんは、とっくに、あたしのもうひとりのお父さんだよ」

目頭をパーカーの袖(そで)で拭い取った。涙を払い、さっきのネロの顔を真似するみたいににぃっと笑う。

「大丈夫。帰ってくるよ。電話もするし、いっぱい連絡する。離れてたって、なんにも変わらないよ」

あたしが晴ヶ丘を離れても。叔父さんに新しい家族ができても。いつか遠い未来に、あたしにも新しい家族ができる日が来たとしても。あたしたちが家族であることは変わらない。だから、何があったって大丈夫で、あたしももう、迷うことはないんだろう。胸を張って自分の選んだ場所に歩いていける。

「そうだな」

叔父さんがあたしとそっくりな顔で笑った。知香絵さんもふんわりと微笑む。あたしは、トマトソースオムライスをスプーンいっぱいに載せて頬張る。

「ねえ叔父さん、ごめんね」

「ごめんって、何がだよ。おい、まさかなんかやらかしたのか？」

「んなわけないじゃん。やっぱ今のなし」

「はあ？」

「あのさ、いつもありがとう」

気恥ずかしくて、さすがに目は見られなかった。真っ直ぐに目を合わせてそう伝えるのは、あたしがもう少し大人になってからにしよう。

「どういたしまして。こちらこそありがとう」

「どういたしまして」

もうひと口オムライスを食べる。オリオンのオムライスは美味しくて、いつもあっという間に食べ終わってしまうから、今日はいつもよりもゆっくり味わって食べてみようと思う。それでもやっぱり世界一美味しいことには変わりないけれど。

みんながメインの料理を食べ終えた頃、下手くそなお祝いの文字が書かれた大きなケーキがキッチンから運ばれてきた。オリオンの店内に歓声があがる。喜ぶ声。笑い声。ネロの鳴き声。

窓の外には桜が咲きはじめている。

春の本番はすぐそこまで来ている。

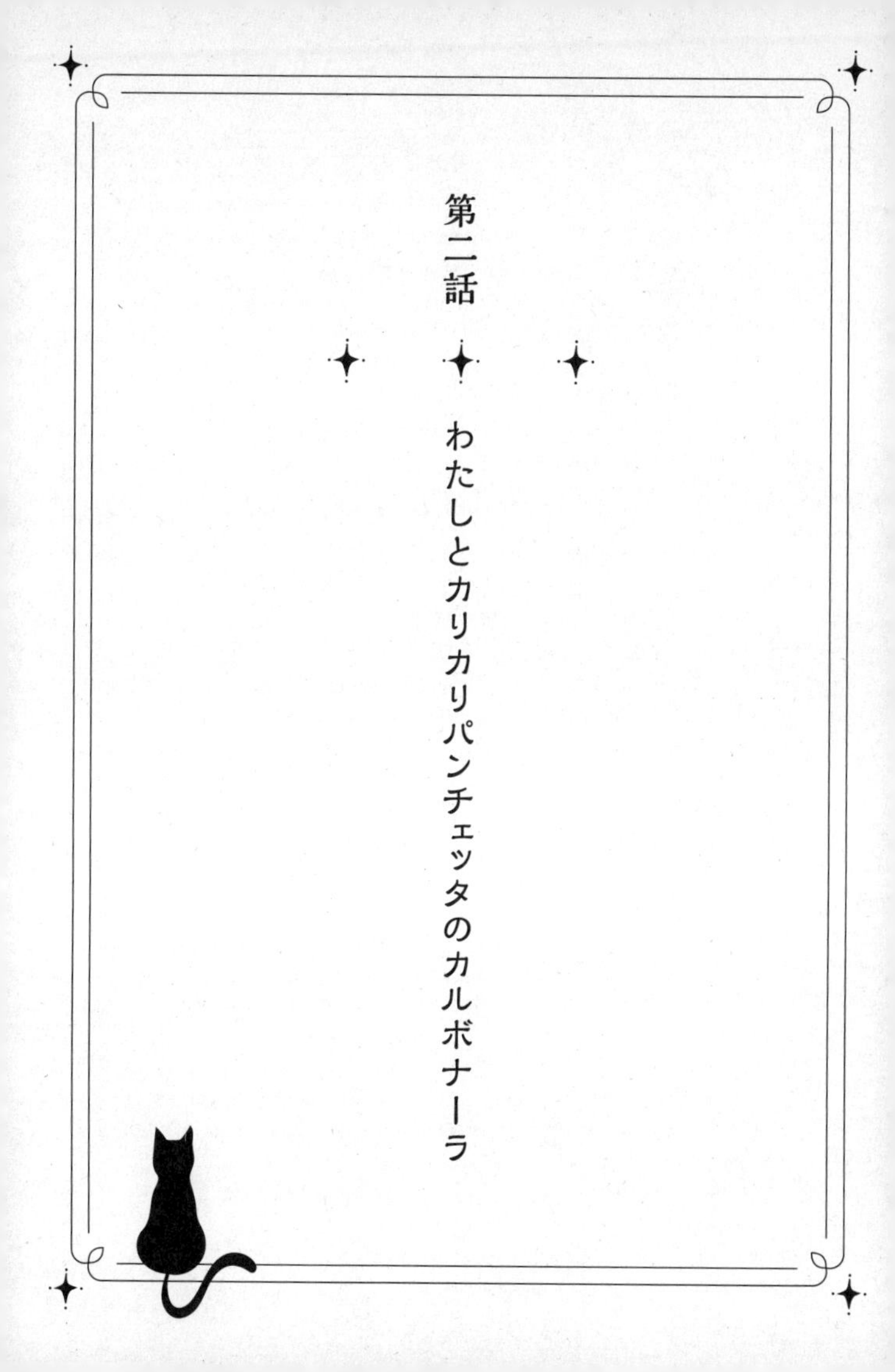

第二話

わたしとカリカリパンチェッタのカルボナーラ

鏡の中には美しい女がいた。

トレードマークにもなっているボルドーのドレスに身を包み、鮮やかな赤のルージュを引いて、瞼を星空よりも輝かせている。ヘアセットはプロに頼んだことはなかった。アッシュベージュに染めた長髪は、下手にアレンジせず、いつも緩く巻くだけにしている。それが評判がいいからだ。簡単ではあるが、品のある印象になるよう気をつけてはいる。

「あれ、カオルさんがいる」

声がした。鏡越しにレナと目が合い、わたしはひょいと手を上げた。

「おはよ。出勤早いね。まだ誰も来てないよ」

「おはようございます。カオルさんこそ何一番に来てるんですか。すでに支度もばっちりだし」

「なんかやることとなくてさ。でもスタッフにも早く来すぎって怒られたよ」

「わはは。他の子たちも、カオルさんが先に来てるなんて気ぃ遣いますしね」

客の前では見せない笑い方をしながらレナがわたしの横に座った。更衣室に鏡は五つ。わたしはいつも一番奥の鏡を使い、レナはその隣を使う。

ベースメイクのみをしてきたようで、見慣れた顔よりもすっきりとした印象の女性が隣の鏡に映っていた。レナは、可愛さを求めたメイクは似合わないと自覚しており、自分に合ったクールなスタイルになるよう心掛けていると言っていた。

華やかなキャストが多いうちの店の中で、レナは珍しいタイプだった。初めこそ馴染まず客を取るのに苦労していたが、自分の方向性を変えずに武器にして、いつから か誰よりも人気を得るようなった。年齢は、わたしの二個下の二十二歳。入店して三年を過ぎたくらいだろうか。

「カオルさん、同伴ないの珍しくないですか？」

肩の上で切り揃えた黒髪を耳にかけ、半目でマスカラを塗りながらレナは言う。わたしはポーチから出したパールのピアスを両耳にぶら下げる。

「ネイルサロンの予約が微妙な時間にしか取れなくてさ、今日は入れなかったんだ。レナこそ最近は同伴多かったのに」

「いや、約束してたお客さんががっつり風邪引いたらしくて、急遽なしになりまして」

「あらら、大丈夫そうなの？」

「まあ病院も行ったって言ってたんで、大丈夫じゃないですかね。でもひとり暮らしって言ってたしちょっと心配なんで、明日連絡入れてみます。てかカオルさん、ネイル変えたんですね。見せてくださいよ」

「いいよ。ずっと淡色系だったから、ちょっと雰囲気変わったと思うんだよね」

レナの目の前に右手を突き出した。レナは変な顔で身を引き、深紅に色づいたわたしの爪を見て「おお」と声をあげた。

「いいですね。めっちゃ可愛い。カオルさんのボルドーじゃないですか」

レナが笑う。わたしは突き出していた手をぶんぶんと振った。

「別にわたしの色ってわけじゃないってば。この爪もネイリストさんにお任せしたらこうなっただけだし」

「いやいや、みんなその色と言えばカオルさんって思ってますから」

「もしかして、だから誰もボルドーのドレス着ないの？」

この色がわたしのイメージカラーになっていることは知っている。だから、わたしも意識してボルドーのドレスを多く着るようにしている。だが意図して定着させたわけではない。この店に入ったばかりのとき、先輩キャストからお下がりのドレスを何着か貰い、それがたまたまワインのような深い赤色で揃ってしまっただけだ。

当時はお金がなく自分でドレスを買えなかった。そのためお下がりの赤いドレスばかりを着ていたら、いつの間にかボルドーの子として客に認識されていた。

「まあ、わたしは気にしないから、着たい子がいたら着ていいよってレナからも言っておいてよ。わたしが言っても逆効果な気がするから」

「わはは、ですね」

「レナも着ていいからね。ボルドーはレナによく似合うって前から思ってるんだ」

お世辞でないことはレナならわかってくれるだろう。わたしは立ち上がり、ドレスの裾(すそ)を軽く払った。

「ありがとうございます。でも、まだ着ませんよ」

わたしのよりも赤が濃いルージュを引いてから、レナはわたしのほうを見る。

「あたしはこの店でナンバーワンを取ったらボルドーを着るって決めてるんです」

嫌みを感じさせずそう言った。わたしは「そう」と返事をした。

更衣室の壁には、全キャストの一ヶ月間の売り上げがグラフで表され掲示されている。右端にはわたしの名前があり、他の誰よりグラフが高く伸びていた。レナの名前はわたしの三つ隣にある。レナは、わたしの次にグラフが高かった。ここ数ヶ月、レナは毎月グラフを――売り上げを伸ばし続けている。

更衣室の外に出た。九センチのピンヒールで真っ直ぐに通路を進んだ。

開店前の、人の声のしない静かな店内が案外好きだったりする。黒の革張りで揃えられたソファと、深紅のカーペット。他の家具や内観もすべて黒と赤で統一されていて、その室内を、天井から下がる大仰なシャンデリアが妖しく照らし出している。

二十時に店がオープンすれば、ここはたちまち人で溢れ、夢を与える場所になる。美しく着飾った女性と、彼女たちと過ごす時間を求めやってくる客。外とは違う世界であると誰もに錯覚させ、現実を忘れた時間を共有する場所。

この繁華街で一番の人気を誇るキャバクラ『Crimson Diva』。

十八でこの店に入店して六年になる。そしてナンバーワンを取り続けて四年。わたしは、この店で最上のキャストとして、客の前に立ち続けている。


「小野寺さん、お待たせ。来てくれてありがとう」

指名を受けテーブルに向かった。ソファに座っていたのは、わたしが一年目のときから店に来てくれている常連さんだった。歳は四十代で、年齢相応のぽっちゃりとした中年体形をしている、見た目も中身も柔和な男性だ。タヌキに似ている、とは本人も周囲もよく言うことである。

「カオルちゃん、最近来られなくてごめんね。ちょっと仕事でばたばたしててさ」

「忙しいの？　今日は来て大丈夫だった？」

「うん、もう落ち着いたから」

小野寺さんの隣に座ると、新しいボトルが運ばれてきた。

店内はすでに賑わっている。煩すぎない、でも絶えず聞こえる人の声が、店の中に満ちている。

「本当にちょっと久しぶりだよね。会社で何かあったの？」

置いてあった空のグラスをふたつ自分の前に並べた。もう、意識せずとも体が動いてしまう。

「まあ、ちょっとね。でも悪いことじゃないよ」

「そっか。なら安心だけど」

小野寺さんはキャンプ用品を販売する会社を経営している。二十代の頃に起業し、とんとん拍子に会社を大きくしていったという、若くして成功を収めた敏腕経営者である。タヌキのような見た目からは、申し訳ないけど想像がつかない。

「それでさ、カオルちゃんに言っておかなきゃいけないことがあるんだけど」

「うん」

氷をグラスに入れていた手を止めた。小野寺さんは、普段から困り眉気味の眉を、さらに深く八の字にしていた。

「ぼく、この店に来られるのは来月の半ばまでなんだ。今の会社は部下に任せて、海外に引っ越すことにしたんだよね」

へえ、と、ついあっさりした返事をしてしまった。わたしの性格などわかっている小野寺さんは気にするふうでもなく、ふふっと小さく笑った。

「だから、今月はなるべくたくさんカオルちゃんに会いにくるから」

「海外って、もしかしてオーストラリア？」

「え、そうだけど、なんでわかったの？」

「なんでって、前に言ってたことあったじゃん。若い頃に旅行して、オーストラリアの自然に惚れ込んだから、いつか移住するのが夢なんだって」

確か、小野寺さんが経営者仲間に連れられて、初めてうちに来店したときだったただろうか。あのときわたしはヘルプで小野寺さんたちのテーブルに付いた。そのときに、酔いの回ったほんのり赤い顔で熱く語っていたのを記憶している。

「ぼくも忘れてたこと、よく憶えてたねえ」

小野寺さんがつぶらな目を丸くした。

「もちろんだよ。小野寺さんの話は面白いからよく憶えてるんだ」

「あら、カオルちゃん、いつからお世辞を言えるようになったの」

「わたしも大人になってるんだよ」

ふたりで声を揃えて笑った。グラスにウイスキーを注ぐ。小野寺さんはお酒が好きなわりに弱いから、ハイボールを作るときのウイスキーはワンフィンガーで。わたしはざるで、どれだけ濃くても平気だけれど、小野寺さんといるときは割合を合わせて薄いものを飲んでいる。

炭酸水を注ぐと、グラスの中でしゅわしゅわと泡が躍った。バースプーンで一度だけ搔き混ぜ、できあがったハイボールを小野寺さんの前に置いた。

「まあ、ぼくひとりいなくなるくらいじゃ、カオルちゃんのナンバーワンの座は揺らがないだろうけどさ」

小野寺さんがハイボールに口を付けた。わたしもグラスを手に取る。

「そんなことないよ。最近はレナだって売り上げすごい伸ばしてるし」

「ああ、レナちゃんもずっとナンバーツーをキープしてるもんねえ」

「あの子も頑張ってるからね。自分のカラーを持ってて、それをちゃんと強みにしてるから」

「ふふ、レナちゃんはカオルちゃんを見て学んできたってことだね」

小野寺さんが言った。わたしが首を傾げると、小野寺さんは目を細くして笑った。

「でもさ、売り上げとか関係なしに、寂しくなるね」

呟くわたしに、小野寺さんはきょとんとした顔を向ける。

「え、本当にどうしたの今日。本当にお世辞覚えたの？」

「失礼だな、お世辞じゃないってば。本心から言ってるんだって」

「ごめんごめん。カオルちゃんが客に媚びないことは知ってるから」

小野寺さんがごめんねのポーズをする。わたしは少し唇を尖らして薄いハイボールをひと口飲んだ。

「嬉しいよ。クールビューティーのカオルちゃんにそうまで言ってもらえてさ」

「わたし別にクールキャラのつもりないけど」

「ま、とはいえ今日が最後じゃないから。あと一ヶ月よろしくお願いしますよ」

「どうもご丁寧に。こちらこそ」

飲みかけのグラスを差し出され、こちらも飲みかけのグラスをこんとぶつけた。氷がからんと鳴る。

「あ、カオルちゃん、ネイル変えた？」

小野寺さんの視線がグラスを持つわたしの手元に向いた。わたしはコースターにグラスを置いて、両手の爪を小野寺さんに見せた。

「そうだよ。今日変えたばっかりなんだ」

「カオルちゃんのボルドーだね」

「小野寺さん、レナと同じこと言ってる」

「そういえばさ、ぼくがここに通いはじめた頃は、ボルドーのドレス着てる子いっぱいいなかった？」

小野寺さんが言う。わたしはちらと店内を見回した。テーブルに付いているキャストたちは、みんな煌(きら)びやかな自慢のドレスを纏(まと)っている。黒、ネイビー、純白に可愛いピンク。色とりどり見かけるが、わたしと同じ深い赤のドレスを纏った子はひとりもいない。

「そうだね。わたしがナンバーワンになる前は、ボルドーはこの店で人気の色だったから。人気というか、憧(あこが)れの色？」

「憧れ？」

「うん。わたしが入店するより前のことなんだけど、静(しずか)さんっていうナンバーワンの人がいてさ、その人がボルドーのドレスばっかり着てたんだって。静さんって、競合店に負けて潰(つぶ)れかけてたこの店を、地区で一番の人気店にのし上げた伝説のキャバ嬢でね、だから他のキャストもその人に憧れて、同じ色を着る人が増えたらしいよ」

わたしが先輩たちから深い赤のドレスばかり貰(もら)ったのはそこに理由がある。先輩たちの誰もがボルドーのドレスをたくさん持っていたのだ。いつかのナンバーワンのようになりたくて、こぞって真似をしていた。

「へえ。じゃあカオルちゃんは、その伝説のキャバ嬢の再来ってわけか」

小野寺さんに言われ、わたしは思わず苦笑いした。

「たまたまイメージカラーが被(かぶ)っただけだよ」

「でもカオルちゃんに憧れてる子は多いよ?」

「そうかな」

それは自覚している。伝説とは言えないまでも、店の不動のナンバーワンとしての地位を確立しているのだ。わたしのようになりたいと言ってくれる子は少なからずいるし、わたし自身、そうあるための努力もしてきた。

綺麗であるための手間は惜しまず、どれだけ太客が付いたとしてもどの客への対応にも手を抜かない。わたしは常に、他のキャバ嬢が憧れる、かっこいいナンバーワンであろうとしてきた。

ただ、わたしは伝説の静さんと違い、周囲に真似されるような存在ではない。それどころかいつからか「ボルドーはカオルだけのもの」という暗黙の了解ができ、誰もわたしと同じ色を着なくなってしまった。

着てもいいと言っても、カオルさんとお揃いなんて恐れ多いと返される。後輩にとって、どうにもわたしは取っつきにくいらしいと気づいたのは、そんなに最近のことじゃない。嫌われているわけではないようだが、後輩たちは、わたしに親しく話しかけるのに、なぜか勇気がいるようだった。

可愛がってくれた先輩たちもすっかりいなくなり、ボーイたちにまで萎縮される中、わたしに気兼ねなく接してくれるのは店長の他にはレナだけだ。レナが入店した頃、わたしはもうナンバーワンの座に就いていたけれど、あの子だけはそのときから変わらず、今も悪ガキみたいな顔でわたしに笑いかけてくれている。

どうやってスタイルを保っているんですか、と後輩に訊かれることがよくある。そのたびに、適度な運動と食事の管理、とネットで調べれば簡単に出てきそうなことを答えている。適当に言っているわけではなく、わたしはまさしくその方法で体形維持をしているのだ。やはりシンプルな努力こそ大事である。

ジムには週五で通い、食事は低カロリー高たんぱくを心がける。野菜やきのこ類を多く食べ、肉類は鶏ささみを中心に、炭水化物はなるべく取らず、間食もしない。

わたしは甘い物もごはんもラーメンも大好きだが、二十歳を過ぎてからそれらを口にしたことは、客との同伴時以外にはほとんどなかった。

この仕事のためだ。キャバ嬢の売り上げは外見だけに頼らないが、外見のよさは客を取るうえでかなり大事な要素になる。自分を最も魅力的に見せるための研鑽は、日々怠らないようにしている。

けれど、ただひとつだけ……どうしても我慢できないものがある。時々ふと、唐突に食べたくなってしまうものがあるのだ。そのときだけは、わたしは自分に課した制約を忘れることにしている。

『Crimson Diva』のある繁華街からタクシーに乗り二十分ほど行くと、晴ヶ丘という高台に辿り着く。四十五年前に土地開発されて造られた町らしい。かつてはニュータウンとして華やかな空気に満ちていたのかもしれないが、今となっては少し古臭い、のどかな町となっている。

晴ヶ丘の麓からさらに十分車を走らせれば、晴ヶ丘で最も高く、見晴らしのいい地区に到着した。そこに『洋食屋オリオン』というレストランが建っている。わたしが月に一度は訪れている店だ。

正面でタクシーを降り、木製のドアを開けた。からんとカウベルが鳴り響く。カウンターで作業をしていたスタッフが気づき、「いらっしゃいませ」と振り向いた。

「空いているお席へどうぞ」

平日の十四時という時間帯だからか、五席しかないテーブルに客はひと組しかいなかった。わたしは窓の前にあるテーブルに座った。間もなく、すっきりとしたショートカットの女性スタッフが、水とおしぼりを持ってきた。

わたしは一応メニューに目を通すが、頼むものならもう決まっている。

「カルボナーラをひとつ。あと、日替わりスイーツってなんですか？」

「今日はいちごのタルトです」

「じゃあそれと、ホットコーヒーをひとつ。タルトと一緒にお願いします」

かしこまりました、とスタッフが笑顔で答える。キッチンへ注文を伝えに向かったのを見送り、わたしはこくりと水を飲んだ。

オリオンは町の小さなレストランだ。元々が地元住民に向けて始められた店なのだろう、メニューは素朴なものばかりで価格も安い。外観も内装もカジュアルで、高級感や上品さなどが求められる店とは違う。ここは特別感ではなく、日常を味わうための場所なのだ。

しかし隅々を見ていると、上等な店で味わうような、店側の細やかな心遣いを感じ取れた。ケースの中のカトラリーが丁寧に整列され収められていることも、常備されている紙ナプキンがいつも適量なことも、日当たりや空調が程よいことも、店の外、客席、御手洗いを含め、店舗やスタッフに清潔感を感じなかったことがないことも、当たり前のようでいて、常に実践できているところは存外多くない。

ここは少人数で運営しているようだし、手が回らなくなることもありそうだが、少なくともわたしが来店したときには店のどこを見ても手入れが行き届いていた。客に居心地の良さを与えるために意識して質を保っているのだろう。

接客態度も感心する。親しみやすくありながら、話し方、距離感、料理を出すタイミングまで、各々の客の様子をよく見ているのがわかる。

スタッフの振る舞いはどの客にも不快感を与えない。そして肝心の料理も、素朴ながら繊細な盛り付けが美しく、十二分に満足できる味だった。

いい店だ、と、わたしはここに来るたびに思う。

夜は仕事があるから、来店時間は日中と決まっている。来るたびに、女性スタッフと若いシェフとで店を回している。観察する限り彼女たちは随分親しい間柄のようだ。やりとりは姉妹のようにも見えるが、顔立ちは似ていない。スタッフはくっきりした造形の美人で、シェフのほうは丸顔の子どもっぽい顔つきだった。歳もいくらか離れていそうだ。シェフは、もしかするとまだハタチそこそこじゃないだろうか。スタッフはたぶん三十前後だと思う。

窓の外を見た。真昼間の静かな住宅街の景色が見えていた。

わたしが最初にこの店に来たのは二年前だ。とある顧客との同伴の際に訪れた。他の客とはもちろん、その人とも、同伴でこういうタイプの店に来たのは初めてだった。ニューヨークへの転勤が決まったその客と、最後の同伴をした日だった。ラフな服装で来てほしいと指定を受け、私服のシャツとジーンズ、ショートブーツで待ち合わせ場所に向かったわたしを、彼は『洋食屋オリオン』に連れて行った。

元々よく通っていた店らしい。もう来られなくなるから、最後に一度だけ食べに来たかったのだと言っていた。

わたしは客の勧めでカルボナーラを頼んだ。文句なしに美味しいが、だからと言って強い個性があるわけでもない、至って普通のカルボナーラだった。

――なんかさ、懐かしい気がしない？　おれ、この店に来たのは大人になってからなのに、ここの料理食べるたびに、帰ってきたなって思うんだよね。

わかるような、わからないような感じで、わたしは曖昧に頷いた気がする。

その客は店を出たあとにわたしにお礼を言った。今回の転勤は栄転であり、自分の未来にとっていいことが待っているはずだ。けれど知らない土地での生活に大きな不安も感じていた。オリオンの料理を食べて、やっと、行ってきますと自信を持って言えるようになった、と。

――後ろ向きかもしれないけど、もしも何かあっても、ここに帰ってきたら大丈夫なんだって。

わたしはやっぱり、わかったようで、わからないようでもあった。

帰る場所。わたしにとっての『Crimson Diva』みたいな場所をいうのだろうか。それとももっと違うものだろうか。

理解はしきれないまま、けれどその客が店に来なくなってからも、わたしは時折ひとりでオリオンへ来るようになった。なぜか無性にここのカルボナーラを食べたくなるときがあるのだ。他の店のカルボナーラではなく、このオリオンの料理を食べたくて、わたしは丘の上の洋食店へやって来る。

「お待たせいたしました。カルボナーラでございます」

注文から十分ちょっと経ったところで料理が運ばれてきた。

チーズと卵黄のソースをスパゲッティがたっぷりと纏い、甘みのある香りがほんのりと立ちのぼっていた。仕上げに胡椒のかかった濃厚なソースは、見た目だけで食欲をそそった。

ここのカルボナーラはシンプルで、ソース以外に使われている具材はパンチェッタの一種類のみ。じっくり炒められスパゲッティと絡んだ肉厚のパンチェッタの他に、薄切りにしてカリカリに焼いたものも二枚、上に載せて飾られている。

わたしはいつもこのカリカリパンチェッタを初めに食べる。おしぼりで手を拭いてから、指先で摘まんでひと口齧ると、小気味いい咀嚼音が耳の奥から聞こえた。お菓子を食べているようなこの食感と、お酒を飲みたくなる程よい塩加減が癖になる美味しさだった。

二枚とも食べ終えたところで、カトラリーケースからフォークを取り出した。なめらかなソースの絡んだスパゲッティをくるくるとフォークに巻きつけ、先端にパンチエッタを刺し、ひと口分のカルボナーラを頬張った。まず濃厚なチーズと卵黄の味わいがいっぱいに広がった。そして、表面をカリッと焼かれ、けれど柔らかな歯ごたえのあるジューシーなパンチェッタの旨(うま)みがじゅわりと口の中に溢(あふ)れた。ほのかににんにくの風味も付いていて香ばしい。

甘みと塩分のバランスがよく、ソースの舌触りのよさも味を邪魔せず引き立てている。ひと口目をゆっくりと嚙(か)みしめて、すぐに次を口にした。美味しい。これなら何皿だって食べられそうな気がしてしまう。

「うにゃあん」

声がした。見ると、テーブルの脚の横に黒猫がお座りしていた。この店で飼われている猫だ。常連客にネロと呼ばれているのを聞いたことがある。

「どうぞ」

そう言うと、ネロは「にゃむ」と返事をし、向かいの椅子を足場にして出窓にのぼった。この出窓がネロのお昼寝スポットなのはもう知っている。ただ、飼い主であるシェフに言われているのか、客がテーブルを使っている場合は客の許可が出ない限り出窓には乗らない。賢い猫だ。

ネロはくわあっとあくびをすると、昼のうららかな日差しを浴びながら出窓に伏せて目を閉じた。とろんと尻尾(しっぽ)が垂れている。わたしがこっそりお尻(しり)を撫(な)でると、面倒くさそうに尻尾が揺れた。

客の少ない店の中。黒猫の昼寝を眺めながら、クリーミーなカルボナーラをゆっくりと味わう。

「くるみ、ちょいといちごを追加で収穫してくるね」

キッチン内から声が聞こえた。続いて「はいよぉ」と気の抜けるような返事があり、カウンターの向こうのキッチンから女性スタッフが出てきた。スタッフはそのまま従業員用のドアに入っていき、しばらくして、小さなカゴにこんもりといちごを入れて戻ってきた。艶やかで立派ないちごだ。この店で育てているらしい。わたしが頼んだタルトに使われているのも同じものだろうか。

皿に余ったわずかなカルボナーラソースをフォークの端でこそげ取り、綺麗に残さず平らげた。水を飲みひと息ついていると、「くるみ」と呼ばれていたシェフのほうが皿を下げにやって来た。

「タルトとコーヒーをお持ちしてもよろしいですか？」

「はい、お願いします」

くるみさんはわたしににこりと笑むと、視線を出窓にいるネロに向ける。

「ネロ、お客様のご迷惑になることしちゃ駄目だよ」

すると、ネロの尻尾がまた揺れた。寝入っているのかと思っていたが、どうやらまだ起きているようだ。

「大丈夫ですよ。大人しくていい子なので」

「すみません」

困った顔で笑い、くるみさんは皿を持ってキッチンへ戻っていった。ほとんど待つことなく、次の品を持ったくるみさんがふたたびテーブルにやって来る。

「どうぞ。いちごのタルトとホットコーヒーです。ミルクとお砂糖はどうされますか？」

「不要です」

わたしの前に、いちごのタルトとブラックコーヒーが置かれた。三角に切り取られたタルトには、カスタードクリームと生クリーム、そしてたっぷりのいちごが載っていた。いちごは、わたしが普段纏っているドレスよりも明るく鮮やかな、美しい赤色をしていた。

「あの、このいちごって、ここで栽培しているものなんですか？」

訊くと、くるみさんは頷く。

「うちのアルバイトの男の子が植物に詳しくて、裏の菜園でいろいろ作っているんです。丹精込めて育てたものなので、美味しい自信がありますよ」

「へえ」

冷めた返事をしてしまうのはわたしの悪い癖だ。くるみさんは気にする素振りもなく、軽く会釈をして離れていった。

カトラリーケースから新しいフォークを選び、三角のタルトの角を切り取った。いちごは酸味と甘さの具合が絶妙だった。自家栽培とは思えない出来だ。アルバイトの男の子とやらは見かけたことがないが、さぞかし優秀な園芸家なのだろう。

クリームの甘さもいちごとよく合っている。素朴で、けれどしっかりと技術を持って作られたタルトだ。

コーヒーを飲みながら、ゆっくりとタルトを食べきった。ネロのお尻を撫でると、もう尻尾は揺れなかった。どうやら寝入ってしまったようだ。

お腹はすっかり満たされていた。わたしは伝票を持って席を立ち、カウンター横のレジに向かった。やはりスタッフの女性ではなく、くるみさんがレジにやって来た。

「ごちそうさまでした。料理も美味しいのに、スイーツもあんなに上手に作られるなんてすごいですね」

お金を出しながらなんとはなしに言う。いつも店員に話しかけることなどないが、今日は本当に気まぐれだった。

「いえ、うちのスイーツはわたしではなく、真湖ちゃんが……えっと、あっちにいるスタッフが担当してるんですよ。今もちょうど作っているところです」

くるみさんはそう言ってキッチンのほうに手を向けた。ちらと覗(のぞ)いたキッチンでは、スタッフがいちごを切っているのが見えた。なるほど、先ほどから彼女がホールに現れなくなったのは、キッチンに立っていたからか。

「以前はうちの祖母がこの店をやっていまして、祖母は全部のメニューをひとりで作っていたし、菜園の世話もしていたんです。でもわたしは要領が悪いから、なんでもかんでもひとりではできなくて。だから仲間に助けてもらっているんですよ」

くるみさんがへへっとはにかんだ。わたしは、へえ、とやはり淡白な返事をしてしまった。

「ありがとうございました」

くるみさんが言う。わたしはもう一度「ごちそうさまでした」と伝え、ドアのカウベルを鳴らして店を出た。振り返ると、窓辺で黒猫が幸せそうに眠っていた。

月一の全体ミーティングが開店前の店で行われ、今月の順位が発表された。ナンバーワンはわたしで、ナンバーツーはレナだった。

「レナはかなり順調に売り上げ伸ばしてるな。最近また指名増えたもんなあ」

タブレットを操作しながら店長が言う。レナがへらへらと照れながら頭を掻いた。

「カオルもずっと売り上げを落としてないけど、レナの追い上げがすごいからな。気を抜くとナンバーワンの座を抜かれるぞ」

気をつけろよ、と店長の意地悪そうな視線がわたしに向く。わたしはピアスを着け直しながら「わかってますよ」と答えた。

「みんなも、カオルとレナのツートップに追いつけるよう頑張ってくださいね」

学校の先生のような口調で店長が言い、キャストたちも「はあい」と小学生のように声を揃えた。

連絡事項などが話され、三十分ほどでミーティングは終わる。わたしは同伴の予定があったから、メイクを簡単に直してすぐに店を出る。

「小野寺さん、お待たせ」

約束の場所に行くとすでに小野寺さんが待っていた。いつもカジュアルな服装で来ることが多いが、今日は珍しくスーツ姿だった。ジャケットが少し小さいようでお腹の前のボタンがかなり引っ張られている。

「いや、こっちこそ急がせちゃってごめんね。確か今日ってお店のミーティングだったでしょ」

「うん。ちょっと店長の話が長くてさ。あの人話し好きなんだよね」

「だね。ぼくあの店長さん結構好きなんだよなあ」

「じゃあ今日指名する？　小野寺さんが海外行っちゃうの店長も寂しがってたし、たぶん指名料サービスでテーブル付いてくれると思うよ」

「あ、そうしようかな」

「やめて、冗談だよ」

「うふふ」

小野寺さんが歩きだす。わたしも隣をついていく。

今日は小野寺さんがうちの店に来る最後の日だ。三日後にはオーストラリアへ発つという。

小野寺さんは最後の同伴に、ホテルに入っている格式高いレストランを選んだ。予約されていた席は、店内で最も景色がいいという、大きな窓のそばのテーブルだった。

高層階からの夜景を眺めながら、小野寺さんと向かい合って談笑し、ひと皿ずつ運ばれてくるフレンチを頂く。

「カオルちゃんとごはんを食べられるのも今日で最後かって思ったら、なんかもうちょっと日本にいたくなっちゃうなあ」

前菜を食べ終えた小野寺さんが、目尻を下げながらしみじみと呟いた。わたしは口に入れた帆立貝をもくもくと嚙んで飲み込んだ。さすが、値段が高いだけあって柔らかく味もいい。

「何言ってるの。移住は小野寺さんにとっては前向きな人生の変化でしょ」

「そうなんだよねえ。めちゃくちゃ楽しみではあるんだけどさ」

「楽しみなのはわかってるよ。だってこの一ヶ月で散々話聞かされたもん。向こうの家のこととか、周囲の土地のこととか、何やりたいとか何を作りたいとか」

「ごめん、カオルちゃん聞き上手だからいろいろ喋っちゃうんだよね」

　小野寺さんが笑う。わたしは空になった皿にナイフとフォークを並べて置いて、ナプキンで軽く口元を拭った。

「夢がたくさんあるのはいいことじゃん。聞いてるわたしも楽しかったし」

「そう？　や、でも本当に、移住っていう目標ひとつ叶えたら、またどんどんやりたいことが増えてさ」

「うん」

　髪を品よく撫でつけたウエイターが皿を下げにやって来る。次の料理はすぐに運ばれてきた。高級フレンチを食べながら、わたしはすでに八割がた知っている、小野寺さんの『オーストラリアでやりたい十のこと』を聞いていた。

「それで、カオルちゃんはさ、これからどうするの」

　そう訊かれたのは、メインの肉料理を食べていたタイミングだった。わたしは、赤ワインで煮た鶏肉を切る手を止めた。

「どうするのって、何が？」

「これからの人生。カオルちゃんだって、この先ずっと『Crimson Diva』にいるわけじゃないでしょう。あの店は女の子の年齢層が若いし、長く勤められる店じゃないよね。まあ、カオルちゃんほどの人気があれば別の話かもしれないけど」

「いや、そうだね。先輩たちはもうみんないないし」

「だからさ、将来のことはどう考えてるのかなって気になって。ずっとぼくのことばっかり話してたけど、カオルちゃんのやりたいことはなんだろうってさ」

「やりたいこと、か」

「たとえば、自分で店を構えるのもありだろうし。ぼくはカオルちゃんはキャバよりホステスのほうが向いてると思ってるから、クラブをやるのもいいんじゃないかな。カオルちゃんのお店なら働きたいって女の子もいると思うんだよね」

　小野寺さんが言う。わたしはすぐには何も答えられない。

「もちろん夜の仕事じゃなくても、職業とかの話じゃなくても、カオルちゃんのやりたいことならなんでもいいし、何をしようとぼくは応援するからさ。なんならパトロンにもなるよ」

「いや、そこまでしなくていいよ」

「ふふ、カオルちゃんはそういうとこ人に頼らなそうだよね」

小野寺さんが鶏肉をひと切れ口にした。わたしもナイフを刺し直し、切った肉を頬張る。

「ねえ、カオルちゃんのやりたいことは何？」

小野寺さんはそう続けた。

「わたしは……」

わたしは、キャバ嬢であることにも、人気店のナンバーワンであることにも誇りを持っている。自分だけではなく、店や顧客、他のキャストにとっても誇りであるよう努めてきた。今のわたしは理想の自分であると思っている。

けれど、これからのことを訊かれたとき、浮かぶものがひとつもなかった。今の、その先のことを、考えたことなどなかったのだ。

わたしは何をしたいんだろう。一流のキャバ嬢になって、誰もに認められるナンバーワンになって、そして、それから、どうなりたかったんだろう。

必死になってやってきた。だからわたしはいつも「今」しか見ていなかった。

「カオルちゃんならなんだってできるよ。ゆっくり考えたらいいいんじゃない？」

黙り込んだわたしに、小野寺さんは目を細めながらそう言った。わたしは頷かず、赤ワインをひと口飲んだ。

高校を卒業してから、すぐに就職するのは嫌で、けれど四大に通うのも面倒で、なんの目標もなく消去法で短大に行った。授業は退屈で、コンビニでのアルバイトも数ヶ月で飽きた。そんなとき、短大の同級生に誘われて『Crimson Diva』に入店した。

正直なところ自分はキャバ嬢には向いていないと思っていた。容姿には自信があったが性格が不安だ。器用に愛嬌を振りまけるタイプではない。

しかし、思いがけず上手くやれた。可愛さに欠ける性格を、客は「人に媚びず芯がある」とポジティブに捉えてくれたようだ。存外気に入られることが多かった。

この仕事をしなければおおよそ関わらないだろう人たちと会話をするのは楽しかった。わたしは自分で思うよりずっと、人と話すことが好きみたいだ。最初こそ大変だったものの慣れれば自然体で接客でき、やがて顧客も付くようになった。

向いていないなどとなぜ思っていたのだろうか。勤めて一年も経つ頃には、むしろこれは天職だと考えるようになっていた。

短大を卒業する頃には店を代表するキャストのひとりになっていた。当たり前のように他に就職せず、『Crimson Diva』で働き続けた。他の仕事に比べてお金が稼げることももちろん理由のひとつだったが、単純にわたしはこの仕事が好きだったのだ。

ボルドーは、すでにわたしの色になっていた。誰もが憧れたナンバーワンがかつて着ていたという色だった。

ボルドーを自分のカラーにしようと思ったことはない。自分も伝説になろうなどと思ったこともない。けれど、この色に見合うようになりたいとは思った。

店のトップを目指し、目標を叶えた。その次は、みんなに憧れられるナンバーワンであろうと努力した。この世界に飛び込んで六年が経った今、その目標もおそらく叶えられていると思う。

不動のナンバーワン。この地区のキャバ嬢と男性たちの憧れ、『Crimson Diva』のカオル。

ボルドーのドレスを纏ったわたしは、わたしの理想の、完璧で美しい女だ。

わたしはそう信じてきた。

小野寺さんが店に来なくなって一ヶ月が経った。今月も月に一度の店内ミーティングが行われた。

キャストも集まってのミーティングは、だいたいいつも内容が同じで、みんな半ば退屈しながら店長の話を聞いている。けれど今月は違った。爪の先をいじっている子も、髪を指に巻きつけている子も、客との連絡を取り合っている子もいなかった。四年ぶりにこの店のナンバーワンが替わったことが発表されたからだった。

「今月のナンバーワンは、レナ！」

売り上げは更衣室に掲示されているから、すでにその事実は誰もが知っている。それでも場はどよめいた。キャストも、ボーイたちまでやや困惑する中、わたしが拍手をすると、みんなもぱちぱちと手を叩きはじめた。

わたしの隣に座っていたレナが、立ち上がってお辞儀をする。一層拍手が鳴った。

店長が手を挙げると、すっと場は静かになる。

「レナはここ最近誰より売り上げを伸ばして頑張ってたからな、妥当な結果だと思う。ナンバーツーはカオル。カオルも売り上げは増えたくらいだ。レナとの差はほんの少しだな」

また拍手が起こる。店長は続けて五位までを発表し、業務連絡に移った。

ミーティングが終わる。各々ぞろぞろとフロアから解散していく。わたしは今日は同伴の予定を入れていない。しばらく客席のソファに座っていた。

レナもその場を動かなかった。周囲から人がいなくなったところで、わたしはレナに「おめでとう」と言った。

「レナ、よくやったね。店長が言ってたとおり、妥当な結果だよ」

「はい、ありがとうございます。ずっとナンバーワン目指して頑張っていたので、嬉しいです」

　レナはそう答えた。言葉のわりに、表情には笑顔がなかった。

「どうしたのレナ、全然嬉しそうじゃないんだけど」

「いえ、嬉しいのは嬉しいんですよ。たぶん、嬉しすぎてどう表現したらいいかわかんなくなってるんです」

「何それ。普通に嬉しいって言って笑えばいいんじゃないかな」

「そう、ですよね。でもあたし今、めっちゃ泣きそうなんです」

　途端にレナの瞳に涙が浮かんだ。わたしが驚いている間に、メイクを済ませたレナの目からぼろぼろと雫が落ちた。

「ちょ、ちょっとレナ」

「すみません。本当に嬉しくて。あたし、ずっとナンバーワンを目標にしていたので、本当に叶えられたんだなって思って、堪んなくなっちゃって」

　レナは俯いて涙を拭いながら「いえ」と首を横に振る。

「たぶん、違う。まだ叶ってない。あたしが目指してたのは、ナンバーワンじゃなくて、カオルさんなんだから」

　鼻を啜って顔を上げる。マスカラが落ちアイラインも崩れ、レナの顔は酷いことになっている。それでも、魅力的だなと思う。人の魅力は化粧で増すことはあっても、隠されることはない。

「この店に入ったときからずっと、カオルさんがあたしの憧れで、目標でした。だからあたしの目標はまだ叶ってない。一回一番獲ったくらいじゃ、全然カオルさんに追いつけてない。あたし、カオルさんを超える最強のキャバ嬢になりたいんです」

眉根を寄せ、真っ直ぐにわたしを見つめながらレナが言った。レナのすっと綺麗な鼻から鼻水が垂れていて、わたしはつい笑ってしまった。いくら魅力的でも、さすがに客にこれは見せられない。

「絶対になれるよ、レナなら」

わたしは言った。レナは唇を噛みながらこくりと頷いた。

レナがナンバーワンになったことを本心から祝福していた。自分の立場を奪われた形になるが、悔しさは微塵も湧いてこなかった。その自分の思いを知って、わたしは気づいたことがあった。

その日、わたしは店長に、店を辞めることを伝えた。

自分が心からやりたいことを——自分自身の目標を、わたしはとっくに失っていたのだ。そう気づいてしまえばこれ以上店にはいられない。

店長には何日も説得された。レナは、見たことないほど号泣して必死にわたしを引き留めた。わたしの決意は一度も揺らがなかった。わたしはもう、誰もに憧れられるナンバーワンのカオルではないのだ。鏡の前の美しい女の姿に、これからの未来を思い描くことができなくなっていた。

——ここに帰ってきたら大丈夫なんだって。

いつか誰かが言っていたことを思い出した。わたしは、自分にとっての帰る場所は、『Crimson Diva』なんだと思っていた。でも違う。あの場所に留まり続けることはできない。あそこは一時の夢を見る場所なのだ。客も、キャストも。

店で華々しいお別れ会が予定されている日の前日。わたしは休みを入れていた。かといってすることもなく、なんとはなしに昼から繁華街をぶらぶらしていると、ふとオリオンのカルボナーラを食べたくなった。

悩んだのはほんのわずかの時間で、すぐに空車のタクシーを探した。だが走ってきたタクシーを止めようとしたとき、そばに停車したバスから見知った人たちが出てきたのに気づき、道路に向けていた手を下げた。オリオンのシェフであるくるみさんと、スタッフの真湖さんだ。何を運んでいるのだろうか、ふたりして大きなバッグを大事そうに抱えていた。

じっと見ていると、くるみさんのほうがこちらを振り向いた。咄嗟（とっさ）に目を逸（そ）らそう

とした がもう遅い。くるみさんは「あ」と声をあげ、ほわりとわたしに笑いかける。

「もしかして、よくうちに来てくれる方じゃないです？」

真湖さんのほうも振り返った。「あら」と、やはりわたしを見て顔を綻ばせる。わたしがすぐに言葉を紡げないでいると、くるみさんは少し焦ったように荷物を抱えた手をぴろぴろと振った。

「突然すいません。わたし、晴ヶ丘の『洋食屋オリオン』の者なんですが」

「あ、はい、わかっています。実は、ちょうど今オリオンに行こうとしていたところで。ここでお店の人に会ったので驚いてしまって」

「あらら、ごめんなさい。今日は臨時休業でして。デリバリーの依頼が入っちゃったんですよ」

くるみさんが大荷物をぽんと叩く。

「デリバリーもやってらしたんですか」

「いえ、さすがに手が回らないので基本やってないんですけど、ご依頼人が真湖ちゃんの昔からの知り合いなんで、断れなくてですね」

「へえ」

真湖さんのほうをちらと見ると、「そうなんです」と苦笑いしていた。

わたしは小さく息を吐く。休業ならば仕方ない。オリオンのカルボナーラはまたの機会にするしかない。

では、と会釈して踵を返すと、後ろから「あの」と声がかかった。

「もしよかったら一緒にどうです？」

ね、とくるみさんが真湖さんに言うと、真湖さんは頷いた。

「いいんじゃない？　料理は余るほど持ってきたしね」

「一緒にって？」わたしは首を傾げる。

「うちの料理を食べに来ようとしてくださってたんですよね。なら、今から配達先で一緒にどうかなって。プチパーティーみたいなのやってるみたいで」

「でも、わたし赤の他人ですけど」

「大丈夫、そんなの気にしない人たちですから」

もしよかったらと言ったわりに、くるみさんは返事を待たずにわたしの背をぐいぐいと押した。まあいいか。他にすることもないし、知らない人と話すのも得意だ。

「あ、わたしはくるみと言います」

強引にわたしを引き連れながら、思い出したようにくるみさんが言った。わたしは思わずふっと笑う。

「薫です」

自分の名前を答えた。「薫さん」とくるみさんが繰り返す。

「綺麗でお似合いの名前ですね」

　全然似ていないのに、くるみさんの姿にレナの顔を重ねた。どうにもこそばゆく感じながら、わたしは「ありがとうございます」と返した。

　くるみさんと真湖さんに連れられ、繁華街の大通りから一本裏の道へと入っていく。数分も歩かない間に目的地へ辿り着いた。路地裏に面し構えられた小さな店だ。表の看板には『スナックこえだ』と店名が出ていた。

　真湖さんが荷物を抱えたまま器用にドアを開ける。広さは八坪ほどだろうか、随分こぢんまりとした店だ。電球色のライトの下には、ボトルの並んだカウンターと、ソファ席がワンボックス。まだ昼間だというのに数名の客が入っていて、女性がひとりカウンター内で酒の用意をしていた。女性は若く、三十代前半に見える。ここのママのようだが、客はその女性をママではなく「里香ちゃん」と呼んでいた。

「お待たせしました、洋食屋オリオンです」

　くるみさんが言うと、店内にいた客たち——中高年の男性ばかりだ——が「おお」と声をあげた。

「みんな、美味しい料理来たよぉ」

　里香さんの言葉にさらに場が沸き立つ。くるみさんはカウンターの上に荷物を置き、真湖さんは慣れたようにカウンター内に入っていく。

「薫さんはそこ座ってください」

真湖さんに言われ、わたしは空いていたカウンター席に腰かけた。「美人だねえ」とどこからともなく飛んでくる野次に小さく笑んで応える。

「こちらの子はオリオンの新人さん？」

里香さんの問いには真湖さんが返事をした。

「いんや、その人はうちのお客さん。うちの店に行く途中だったみたいだから、くるみが一緒にどうかって声かけて」

「ナンパしたってこと？」

「賑やかし要員は多いほうがいいでしょ」

「まあね」

どうやら今日は里香さんの誕生日で、今夜バースデーパーティーが行われる予定であるらしい。それに先駆け数人の常連客が昼から集まり、前祝いのようなものをしているようだ。

「そこのおじさんが奢ってくれるから、好きなもの頼んでいいよ」

里香さんにドリンクを訊かれ、わたしは生ビールをお願いした。真湖さんは日本酒をリクエストし、くるみさんはオレンジジュースを頼んだ。

「すいません、これチンしてもらっていいですか」

「はいよ。パックのままいける？」

「大丈夫です」

くるみさんと真湖さんは、大きなバッグからいくつものフードパックを出している。中身はすべてオリオンの料理だ。ビーフカレーとライス、大きなエビフライ、色鮮やかなナポリタン。そして。

「はい、薫さんにはこれ」

くるみさんがわたしの前にカルボナーラを置いた。パスタとソースを別の容器に入れて運び、この場でくるみさん手ずから混ぜ合わせてくれたものだ。仕上げには、わたしがいつも一番に食べる、カリカリに焼いたパンチェッタが載った。

割り箸をもらい、パンチェッタを齧ってから、カルボナーラを口にする。いつもの作り立てとは少し違う気もする、けれどいつもと同じ味の、オリオンのカルボナーラだ。

黙々と食べていると、つと視線を感じた。顔を上げると、料理を配り終えたくるみさんが、じいっとわたしのことを見ていた。

「……何か？」

「あ、へへ、すみません。つい見すぎちゃって。失礼しました」

「構いませんけど、何か面白いことでもあります？」

見られることには慣れているから気にならない。しかしくるみさんだって、自分の料理を誰かが食べている様子など飽きるほど見ているだろうに。

「薫さんってクールビューティーじゃないですか」

くるみさんが言う。

「別にクールキャラのつもりはないですけど」

「わたしはねえ、薫さんが店に来られるたびに、綺麗だなあ、かっこいいなあって思ってたんですよ」

「はあ」

「でもね、薫さんって、料理を食べているときだけ子どもみたいな顔をするんですよね。ほわあって柔らかく、無邪気な感じっていうのかな。今もそうだったので、嬉しくて覗き込んじゃいました」

「はあ」

ともう一度呟き、わたしは自分の頬を触った。自分がどんな顔をして食べているかなど意識していなかった。

「綺麗でかっこいいのももちろん素敵ですけれど、飾りけない気持ちでうちの料理を食べてもらえるのがすごく嬉しいんですよ」

くるみさんは照れくさそうに微笑んで、自分用のカルボナーラを食べはじめた。わたしもうひと口食べる。

――帰ってきたなって思うんだよね。

いつか聞いた言葉の意味を、ようやく知れたような気がする。オリオンの料理を食べると、体の内側に着たぶ厚い衣を脱ぐことができるのだ。なぜだろうか、それはわからないけれど。経験を重ねるたびに何重にも纏っていたものの奥にある、芯のような自分に、戻れるような気がする。

いつからわたしはこんなにもいろんなものを着込んでいたのだろう。あるべき自分の姿にこだわって、外見も中身も着飾って、いつの間にか「どうありたいか」と考えることを忘れていた。

自分が自分でなくなっていたのだ。本当は、ほんの少し肩の力を抜くだけで、すぐに「薫」に戻れたのに。

「あれ、どっかで見たことあると思ってたら、その子『Crimson Diva』のカオルじゃねえか？」

ひとりの客が言った。「え」と声をあげたのは里香さんだった。

「何、あなた『Crimson Diva』のキャスト？　大通りのあの店？」

「ええ、はい、一応」わたしは頷く。

「じゃああたしらの後輩じゃん。あたしらも昔そこで働いてたんだよ」

里香さんはそう言い、カウンター内でビーフカレーを食べている真湖さんに振り向いた。

「ね、静」

里香さんは、真湖さんをそう呼んだ。

真湖さんは口をもごもごさせながら眉を顰める。

「ちょっと、源氏名で呼ぶのやめてよ。もうわたしがキャバ辞めて何年経つと思ってんの。こちとらあんたと違ってずっと昼の仕事してんだから」

「ごめんごめん。呼び慣れてるから」

「まあ別にいいけど」

「いいのかよ」

里香さんが肩を揺らして笑った。わたしはカルボナーラを箸で挟んだまま停止していた。数秒経って、待ってください、と掠れた声で口にする。

「静さんって、あの伝説のナンバーワンの？」

間違いなく、静と呼んだなら。

それはわたしが思い浮かべている人に違いなかった。『Crimson Diva』に静という名のキャストは、後にも先にもひとりしかいない。

「え、伝説？　何、わたしって伝説になってんの？」

　真湖さんはぽかんとした顔をした。里香さんも、他の客までも呆れの交じった笑い声をあげる。

「あんた知らないの？　『Crimson Diva』の静は有名だよ」

「いや知らん知らん」

「まあ外聞耳に入れる間もなくすっぱりこの業界辞めたもんねえ。人気の絶頂期にさ、突然結婚するとか言って。あのときはすごかった、店も客も阿鼻叫喚よ」

　里香さんがセンブリ茶でも飲んだかのような顔をした。真湖さんは右手を頬に当て、うっとりと瞼を閉じる。

「まあね。運命の出会い、しちゃったんだよね」

「可哀想に。旦那さん、静に摑まって逃げられなかったんだね」

「嫌な言い方しないでよ。あの手この手で口説き落としただけ」

　真湖さんと里香さんの会話を、くるみさんは唇の端にソースを付けながらにこにこと聞いている。

「思い出すなあ。真湖ちゃんが初めてうちに来た日。びっくりしたよ、堅物のうちのお兄ちゃんが、結婚相手に綺麗なキャバ嬢さん連れて来るなんてさ」

　くるみさんがそう言うと、真湖さんが噴き出した。

「あの人の性格、すべての人類が想像する公務員像そのままだもんね」

「実際に市役所職員だしね」

「でも、くるみも家族みんなも案外すんなりわたしのこと受け入れてなかった？」

「まあ、真湖ちゃん明るくて美人で楽しい人だし、別に拒否する理由もないっていうか。真湖ちゃんの職に戸惑ってたのってお兄ちゃんくらいじゃない？」

確かに、と真湖さんが言い、快活な笑い声が響いた。

わたしは摘まんだままのカルボナーラを口に入れる。つるつると軽く啜り、唇に付いたソースを舐める。

「そういえば、真湖ちゃんの源氏名ってなんで静なの？」

くるみさんが問いかける。

「ああ、それね」真湖さんはビーフカレーの載ったスプーンを掲げた。

「店に入ったときに源氏名どうするか訊かれたんだけど、わたし、源氏名の意味知らなくて、源氏で思い浮かんだのが源義経だけでさ。店長に、それはうちの店に合わないから静御前のほうにしとけって言われて」

「そんな理由？」

「あほくさって思った？」

「思った」

「あたし最初にその話聞いたとき爆笑したわ」

「てか、伝説になんてなるんだったら、むしろ義経でやっておきたかったな。いいじゃん、伝説のキャバ嬢、義経」

店内がどっと沸いた。当時の真湖さんを知っているのか、客たちは口々に「静」の凄さを語っていく。当の本人は頷きながらもどこか他人事のようにそれらを楽しげに聞いている。

「静ちゃんが辞めてから、みんな静ちゃんに憧れてボルドーのドレスを着はじめてさ」

「そうなの？　別にわたしがボルドーばっかり着てたのに、大層な理由なんてなかったんだけど」

「静ちゃんのイメージカラーだったんでしょ？」

「いや、店の名前に『Crimson』ってあるから深い赤に絞ってただけだよ。いろんな種類あると毎日選ぶの面倒だけど、色を絞ると悩まなくていいから楽なんだよねえ」

真湖さんが笑い、客も笑った。わたしも少し笑って、スパゲッティを容器の底のソースに絡めた。

肩で息を吸って吐き出す。すうっと、自分から何かが抜けていく。

憧れていたもの。抱えていたもの。勝手に幻想を抱いて、背負って重くしていた、大事だったもの。大事だけれど、きっとここに置いて行ったほうがいいもの。

「ねえ、あなた綺麗だけど、人気のキャスト？」

里香さんがカウンターに身を乗り出していた。すかさず答えたのはソファ席にいた客だった。

「何言ってんの里香ちゃん。カオルと言えば『Crimson Diva』で長年ナンバーワンやってる子だよ」

「え、そうだったの？　あの店、今は昔と比べ物にならないくらいキャストが増えてるらしいし、そこでナンバーワン張ってるなんてすごいじゃん」

「いえ、そんなこと」

なくはない。わたしは確かに頑張っていた。頑張りすぎて、前が見えなくなるほどに。だから、一度立ち止まって、ゆっくり自分のことを考える時間を持とうと思う。

この選択を、いつか正しいと思えるように。

ここが自分の居場所だと確かに思えるものを、見つけられるように。

「わたし、『Crimson Diva』を明日で辞めるんです」

「そうなの？」

「辞めたあとのことはまだ考えてないんですけど」

「あ、ならうちに来るとかどう？　お給料はまあ、今に比べればかなり下がるけど、でもそこそこ出せるよ」

里香さんが前のめりになった。わたしは眉を下げて、首を横に振った。

「すみません、ありがたいお誘いですけど、しばらくゆっくりしてみたくて。まだ自分のしたいこともはっきりしてないし」

「あらそう。ま、そうだよね」

「里香、こんなちっこい店にこんな美人入れたら里香が困るよ。お客さんぎゅうぎゅう詰めになるじゃん」

「ぎゅうぎゅうに詰めるからいいよ」

「ひどいな」

また賑やかになる。今の自分がどんな顔をしているか、わたしにはわからないけれど、たぶん「カオル」とは違う表情をしているはずだ。

息を吐き、力を抜いて、着飾り続けたものを脱ぎ捨てて。そして鏡の中に訊いてみる。どうあるべきかじゃなく、この先あなたは、どんな自分でいたいのかと。

悩んで、迷って、いつか出すその答えが、きっとわたしの未来になる。

「カオルさん、こんな可愛いお店の常連さんだったんですか」
オリオンの外観を眺めながらレナが呟いた。わたしは「まあね」となぜか得意げに

返して、木製のドアを開けた。

――からん。

カウベルが鳴り、真湖さんが「いらっしゃいませ」と出迎えてくれる。ランチ時を過ぎた平日のオリオンは今日ものんびりとしている。

「レナは何食べる？」

「何がおすすめですか？」

「カルボナーラ。あと、今日の日替わりスイーツ」

「じゃあそれにします。でもカオルさんってカルボナーラとか甘い物も食べるんですね。なんかいつも草かささみ食べてるイメージだった」

「草って」

「へへ、あたしもカルボナーラ大好きなんです」

注文した料理はそれほど待たずに届いた。まろやかなチーズの香りがわたしたちのテーブルに溢れる。

「うわあ、美味しそう！」

いただきますと手を合わせ、レナは早速食べはじめた。「美味しすぎる」と蕩ける彼女の表情は『Crimson Diva』で見るものとは違う。

いつかレナもわたしと同じ思いを抱えるのだろうか。だとしてもレナなら前向きに乗り越えられるだろう。この子はいつかわたしよりも……静さんよりも輝く、最高のキャバ嬢になるかもしれない。

　そんなことを思いながら、わたしは今日もカリカリパンチェッタのカルボナーラを食べる。

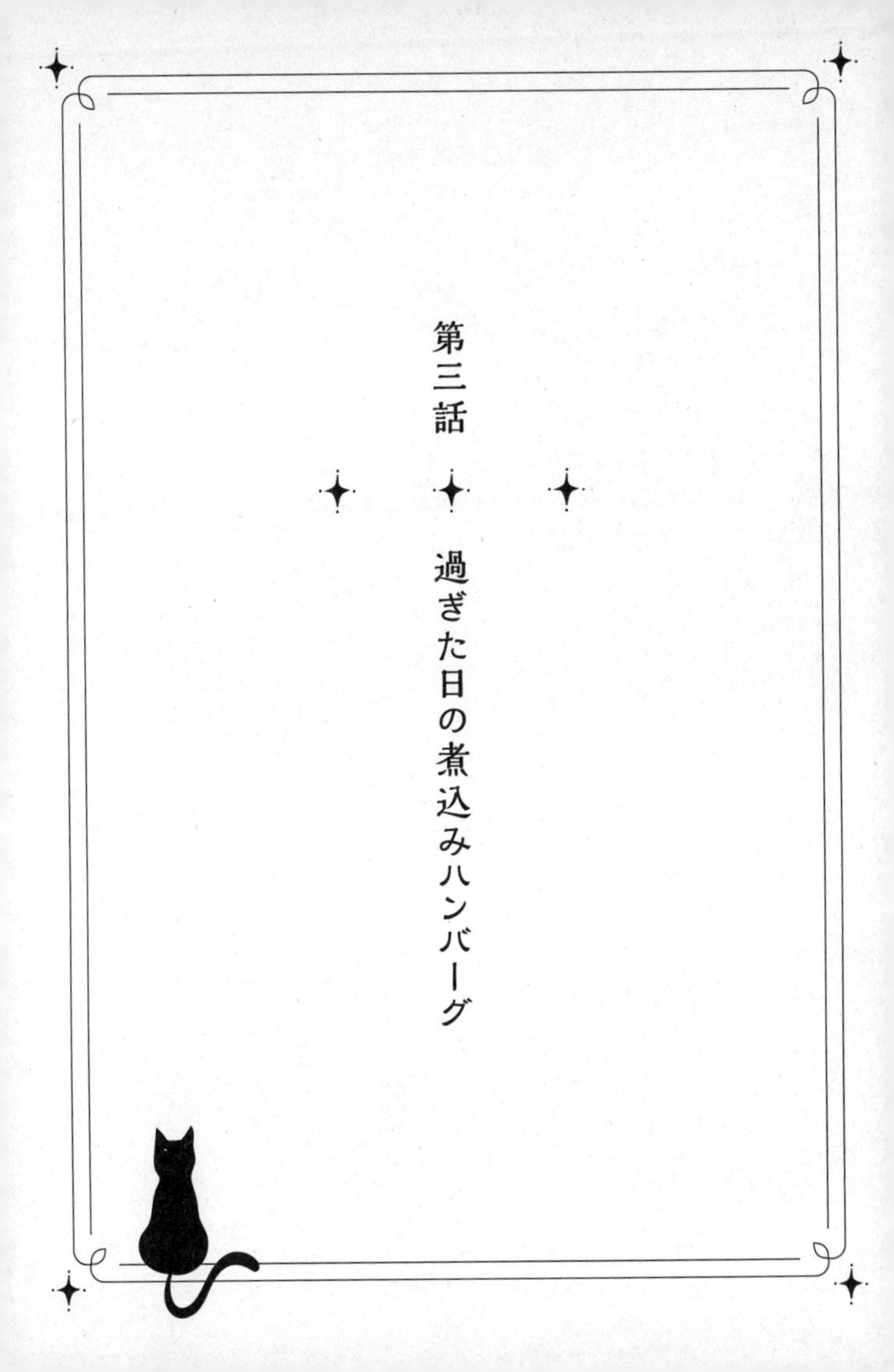

第三話

過ぎた日の煮込みハンバーグ

「瑛太、忘れもんないか？　羽菜は体操服持った？」

リビングから友也の声が聞こえる。続いて子どもたちの「ない！」「持った！」という声も。

デジタル時計を見ると7:30と表示されていた。わたしは蛇口を閉めて濡れた手を拭き、キッチンを出る。

「お母さん、もう行くよ！」

ベージュのランドセルを背負った瑛太がリビングから飛び出してきた。大きな水色のランドセルを背負い、チェックの体操服入れを持った羽菜もばたばたと駆けて出てくる。

「ふたりとも気をつけてね。道路飛び出しちゃ駄目だよ」

「はあい」

「瑛太、羽菜のことお願いね」

「はあい」

先に玄関で靴を履き終えた瑛太が、羽菜のことを待っていた。羽菜はもたもたとスニーカーを履いているが、瑛太は急（せ）かすことなく見守っている。

「ママ、いってきます」

立ち上がった羽菜が振り返って手を振る。まだ紅葉のような小さな手のひらに、わたしもひらひらと振り返した。

「いってらっしゃい」

瑛太がドアを開ける。わたしはサンダルを履いてドアを押さえ、ふたりが門扉を抜けるまで見送る。

キッチンに戻り、中身を冷ましていたお弁当箱の蓋（ふた）を閉めた。袋に包んで廊下に出ると、友也もリビングから出てきたところだった。

夫である友也はわたしと同じく今年で三十五歳。まだ中年とは呼びたくないが、最近少しお腹が出てきて、スーツがきつくなっていることにわたしは気づいている。本人は「大丈夫」と誤魔化（ごまか）しているが、わたしとしては観念して自覚し、ダイエットするか見合ったスーツに買い替えてほしいと思っている。

「はい、お弁当」

毎朝作っているお弁当を渡すと、友也は「ありがとう」と受け取った。きちんとお礼を言えるところは友也のいいところのひとつだ。

「そういえば、昨日オフィスでお弁当食べてたら部下が卵焼きを欲しがってさ。一個あげたんだけど、めちゃくちゃ美味しいって褒めてたよ。係長の奥さん料理上手ですねって」

「そうなの？　先に言ってくれれば今日の分の卵焼き多めに作ったのに」

「やめてよ、また取られるじゃん。おれも由紀の甘い卵焼き好きなのに」

「ふふ。あ、ねえ、その部下って女性じゃないよね」

　わざとじとりとした視線を向けた。友也は眉尻を下げて苦笑いする。

「違うよ。筋トレが趣味のおれよりでかい男」

「ああ、前に話してたボディビルの大会に出た人か。ま、別にお互い下心がなければ女性でもいいけどさ。女の子に褒められるの嬉しいし」

「下心なんておれ、由紀以外に抱いたことないよ」

「それは嘘だな」

　笑いながら、少し歪んでいた友也のシャツの襟を直した。わたしが毎日丁寧にアイロンをかけているから、シャツには皺も汗染みもない。ただ、やはり体格に合っていないからか、どうにも不格好に見えてしまう。週末にでも新しい物を買いに行ったほうがよさそうだ。

「じゃ、仕事行ってくるね」

「うん、気をつけてね。あ、そうだ。瑛太がまたオリオンに行きたいって言ってた」

「瑛太あそこ好きだよなあ。じゃあ今度の休みにでも行こうか」

「そうだね。学校から帰ってきたら伝えておくよ」

いってきますと言って、友也は仕事に向かった。わたしは一度ぐっと伸びをして、今日やることを頭の中で整理する。まずは洗濯をして、そのあとは家の掃除。できれば午前中に食材の買い出しにも行きたい。瑛太と羽菜が学校から帰ってくるまでは少しゆっくりできるだろうか。今日は瑛太のピアノの日だから、帰ったらすぐに教室へ送って行かないと。


一度だけ溜め息を吐いてしまったが、気合を入れて行動を開始した。主婦には仕事が多い。でもわたしは専業だし、友也も家にいる間は家事を手伝ってくれて、子育てもお互い協力し合ってやっている。いろいろと大変な話もよく聞くし、それに比べるとわたしはかなり恵まれているほうだろう。

専業主婦になることを希望したのもわたしだ。それを受け入れ、ひとりで家族を養ってくれている友也にはいつも感謝していた。

学生時代から夢見ていた、子どもと夫が帰ってくるのを温かく出迎えられる専業主婦という立場。二十五歳で結婚し、わたしはそれを叶えた。

同い年で大学時代からの付き合いのある夫は、大手の商社に勤め、日々の生活に不安を感じない程度の収入を得ている。家族思いで自慢の夫であり、いい父親だと思っている。

ふたりの子どもたちは仲がよくて元気がいい。小学三年生の息子はやんちゃで手を焼くこともあるが、妹の面倒見がよく優しい子だ。一年生の娘はのんびり屋で、わたしの手伝いをするのが好きだと言ってくれる。

地元に近く、子育て世帯も多い静かな住宅地に、こだわった間取りのマイホームを建てた。ママ友も数人いて、みんなとそれなりにいい関係を築いている。

わたしは今、理想の生活を送っていた。子どものときから思い描いていたとおりの人生を歩んでいた。幸せだ。

「よし」

静かになった家の中で呟(つぶや)いた。

家中の洗濯物を集めて、ドラム式の洗濯機を回した。

「ぼくカレー！」

瑛太がメニュー表にあるビーフカレーの写真を指さした。瑛太は毎回違うものを頼むが、決めるのが早い。羽菜はメニュー表と睨めっこして悩んでいた。悩みながらも、結局いつもトマトソースオムライスを頼むことを家族はみんな知っている。ひとりでは食べきれず、余った分を友也が食べるのが毎度おなじみのパターンだ。

「友也はどうする？」

向かいに座っている友也に訊くと、少し悩んでから答えた。

「今日は煮込みハンバーグにするよ」

「へえ、そっか」

「由紀は？」

「そうだな……ドリアにしようかな」

わたしがそう言ったところで、羽菜が「オムライスにする」と言った。わたしは隣に座る娘の頭を撫で、店員の女性を呼んだ。

晴ヶ丘の『洋食屋オリオン』には、月に一、二度家族で訪れている。きっかけは友也がSNSでこの店を見つけたことだった。黒猫が出迎えてくれる洋食店、ということで話題になっており、動物好きな瑛太と羽菜が興味を持ったのだ。調べると自宅から近いし、子ども連れでも入りやすいというレビューもあったので、一度行ってみようということになった。

席数は多くなく、混み合う時間帯に来るのは難しそうだった。だがごはん時を避ければ案外すんなりと入れるし、子どもが待つのに飽きはじめる前には料理を提供してくれる。悪くない店だ。何より瑛太がここの料理を気に入り、以降たびたび家族四人で外食をしに来るようになった。

……と、友也たちは思っているけれど。実はわたしは、以前にもこの店に来たことがある。そのことを、家族にはいまだに話していない。

「ねえお母さん、今日の日替わりスイーツ、ティラミスだって」

注文し終え、料理を待っている間に、瑛太がつとカウンターのほうを指さした。カウンターには小さな黒板が置かれていて、日替わりスイーツのメニューがカラフルなチョークで書かれていた。

「ティラミスって、上にココア載ったやつだよね」

「食べたいの？」

「うん」

「まずビーフカレーを食べ終わってからね。お腹いっぱいになってなかったら頼んであげる」

「余裕！」

瑛太が拳（こぶし）を振り上げた。最近食べる量が増え、大人の一食分くらいならぺろりと平らげるようになった。今日のビーフカレーも言葉どおりあっさり食べてしまうだろう。ティラミスも頼むことになりそうだ。

今は午後四時。早めの夕食のつもりで来ているから、家に帰れば寝るまで何も食べずにいられるくらいにお腹を満たしてもらえるとこちらもありがたい。

「ママ、羽菜もちらみす、食べたい」

舌足らずな口調で羽菜が言うと、「駄目だよ」と瑛太が声をあげた。

「羽菜いつもオムライス食べきれないじゃん。オムライスでお腹いっぱいになるからティラミスまで食べれないって」

「今日は食べれるもん」

「無理だよ」

羽菜がむっと唇を引き結んだ。みるみるうちに両目に涙が溜まっていく。友也が瑛太の頭をこんと小突くと、瑛太は首を竦めておどけた顔をした。わたしは慌てて羽菜の小さな肩を抱き締める。

「羽菜はママとティラミス半分こしよっか。そしたら食べれるもんね」

「……うん」

「瑛太も、あとでちゃんと頼んであげるから意地悪しないの。みんなが食べ終わったら、瑛太と羽菜とママの分注文しようね」

「はあい」

「のけ者にされるかと思った。パパもいる」

　友也がにひひと笑った。瑛太も真似をする。さらにそれを羽菜が真似した。もう泣くことを忘れたようでほっと息を吐く。この店は小さい子どもにも親切にしてくれるが、さすがに大声で泣かれては肩身が狭くなってしまう。

　料理が来てくれればもっと機嫌がよくなるのだが。まだだろうか、とついキッチンのほうに目を遣った。注文してから五分ほどしか経っていないから、まだできるはずないことはわかっていた。

　オリオンにはシェフがひとりしかいない。今のシェフは若い女の子なのだが、他のお客さんの話によると、都会の一流ホテルで料理人をしていたことがあるらしい。それを聞いて納得した。隅々まで行き届いた店側の気遣いは、ハイクオリティな場所にいた彼女の前職の経験から来ているのだろう。料理の腕や盛り付けの品の良さにも培った技術が活かされているように思う。

　とはいえ、違う人がシェフだったときも、ここの料理はとても美味しかった記憶があるが。

「猫ちゃん来た！」

はっとして視線を移す。瑛太がテーブルに身を乗り出して、わたしの足元のほうを見ていた。羽菜も覗き込んでいる。見ると、わたしたちのテーブルのすぐ横に黒猫が座っていた。この店で飼われている猫だ。

「猫ちゃんかわいいいね！」

「かわいいねえ」

「うにゃん」

瑛太が席を立ち、猫のそばに寄った。羽菜はちょっと怖いようで、自分の椅子を離れずにじっと猫を見つめている。

「瑛太、乱暴するなよ」

「しないよ。この子ね、優しくなでなでされるのが好きなんだって。前にお店の人に教えてもらった」

瑛太は猫の背中にそっと手を寄せる。猫は嫌がることなく、かといって気持ちいいのかどうかもよくわからない表情で、とりあえず瑛太のことを受け入れている。

「かわいいねえ。ぼくも猫ちゃん飼いたいなあ」

撫でながら、瑛太がちらと友也を見る。

「瑛太が猫ちゃんのお世話、全部ひとりで責任持ってできるっていうならね」

「できるよ」

「それは嘘だね。だって瑛太、自分のお世話もできないじゃん。こないだ夜にひとりでトイレ行くの怖いって、お父さんのこと起こしただろ」

「ぐぬう」

瑛太が悔しそうな顔をする。

わたしは動物を飼うことは反対ではない。ペットは日々の暮らしに癒しを与えてくれるし、子どもたちの成長にもひと役買ってくれるだろう。だが、それはそれとして、結局はわたしがメインで世話をすることになるのが目に見えているため、飼ってもいいよとは絶対に言わない。

「ママ、猫ちゃんの絵、描いて」

羽菜がわたしの服の袖を引っ張った。「ここで？」と咄嗟に返すと、羽菜は純粋な瞳でこくりと頷く。たまらず漏らしかけた溜め息を呑み込んだ。まだ料理はこないし、ぐずられるよりましだろうと、バッグに入れていた手帳を取り出し、ボールペンを取って白紙のページを開く。

デフォルメされた黒猫のイラストをささっと白い紙に描いた。羽菜がわあっと喜ぶから、ついでに瑛太と羽菜に見立てた男の子と女の子のイラストも、黒猫に寄り添うように描き足した。

「わあ、かわいいねえ！」

「ぼくにも見せて」

瑛太が立ち上がってテーブルの上を覗いた。猫が「にゃうにゃむ」と鳴くから「きみも見たいの？」と瑛太が猫を抱っこする。

「ちょっと瑛太、落としちゃ駄目だよ」

「大丈夫だよ。でも重たいかも」

猫はぷるぷる震える瑛太の腕の中からわたしの描いたイラストを見ていた。まさか本当にこの子も絵が見たかったのだろうか。少しすると「にゃうん」と満足したように鳴いて、自分からぴょんと床に下りた。

「にしても由紀、本当に絵上手いよなあ」

頬杖を突いた友也が言う。

「まあね。一応、元美術部員だから」

「もしかして、小さい頃はイラストレーターとか目指したこともあったりした？」

やや茶化すような感じで友也に訊かれ、わたしは「んー」と唸りながらペンの頭を顎に当てた。

「絵を描くのは得意だったけど、そういうのは全然なかったかなあ。自分にそこまでの才能があるとは思ってなかったし。あとたぶん、将来の夢にするほどには絵が好きってわけじゃなかった」

「冷めてるなあ」

「将来の夢っていうと、わたしずっとお嫁さんになりたかったんだよね。だから叶っちゃった」

真似して頬杖を突き微笑むと、友也は変な顔をした。

「あ、お父さん照れてる」

瑛太が冷やかす。友也が「このっ」と両腕で捕まえると、瑛太は楽しそうに高い声を上げた。

猫が遊びに来てくれたおかげでなんだかんだと時間が過ぎ、子どもたちが退屈する前に注文した品ができあがった。まずは瑛太と羽菜の頼んだものが運ばれてくる。美味しそうな料理に子どもたちは大はしゃぎで、早速子ども用のスプーンを掴んだ。

「瑛太、あんまり騒がないの。あと食べるときはきちんと座りなさい。羽菜、お皿に分けてあげるから待ってて」

カトラリーケースからスプーンを取り出して、オムライスの四分の一ほどを小皿に取り分ける。友也は、靴を脱いで椅子に足を上げていた瑛太を座り直させていた。瑛太は椅子に足を上げる癖があるから都度注意しなければいけない。一応靴を脱いでくれることだけは救いだが、早めに直さなければと思っている。

「瑛太も羽菜も、ゆっくり味わって食べるんだぞ。お店の人が一生懸命に作ってくれたごはんだからな」

友也が言った。その言葉の裏には、わたしたちが食べている最中はゆっくり零さず大人しく食べていてくれ、という本音があった。

「はあい」と返事をして、瑛太は鷲摑みにしたスプーンでビーフカレーを頰張る。美味しかったのか、口に含んだ途端、満面の笑みを浮かべた。子連れの外食は楽ではないが、その顔を見ると連れて来てよかったなと思う。

「お待たせいたしました」

店員さんが、わたしと友也の料理を持ってきた。わたしの前にエビのクリームドリアが置かれ、友也の前に煮込みハンバーグが置かれた。

「おお、美味しそう。そういえばここで煮込みハンバーグ食べるの初めてだな」

「ありがとうございます。うちのおすすめメニューのひとつなんです」

店員さんが営業スマイルを浮かべて返した。友也の表情がでれっと緩むのを見逃さず、わたしはすっと目を細める。気づいた友也が慌ててわたしに笑みを向けた。わたし以外に下心を抱いたことがない、という先日の言葉を録音しておけばよかったと後悔した。

「ごゆっくりどうぞ」

店員さんがテーブルを離れる。まあ、美人だから、つい鼻の下を伸ばす友也の気持ちもわからないでもない。

そういえば、昔はホールスタッフなどおらず、シェフがひとりで店を切り盛りしていた気がする。いや……瑛太と変わらないくらいの年頃の、小さな女の子もいた記憶がある。

「うま。ハンバーグ柔らかっ。ね、これ柔らかっ」

友也が目を丸くして、ハンバーグとわたしを交互に見た。わたしもスプーンでドリアを掬(すく)い、ふうふうと息を吹きかけてから食べる。エビの香ばしい味わいとクリームソースの相性が抜群だった。オリオンのメニューはいくつか食べているが、今のところ外れはひとつもない。

「このドリアもすごく美味(おい)しいよ」

わたしが言うと、瑛太と羽菜が欲しがった。ひと口ずつ「あーん」してあげると、ふたりとも可愛く頰に手を当てた。

「友也もいる？」

「いる」

「じゃあ取っていいよ」

友也のほうにお皿を寄せる。

「おれにはあーんしてくれないんだ」

「するわけないじゃん、こんなところで」

思わず笑った。羽菜も「パパにあーんしないの？」と訊いてくるから、また今度と言って小さな頭を撫(な)でた。

友也がドリアを食べる。こちらも口に合ったようで、子どもたちの真似をしてぶりっこポーズを取った。他人から見ればこんなオジサンの姿など酷(ひど)いものだろうが、わたしとしては一応ぎりぎり可愛く見える。

「よし、じゃあパパのもあげよう」

煮込みハンバーグを箸(はし)で切り分け、友也はそれぞれの欠片(かけら)を瑛太と羽菜のお皿に置いた。

「由紀の分も」と言う友也をわたしは止める。

「わたしはいいや」

「え、なんで。由紀ハンバーグ好きだよね？」

「うん。でも今日はドリアだけ味わいたいからいい」

「あらそう？」

納得しているような、していないような顔をして、友也はわたし用に切り分けたハンバーグを自分で食べる。

「そういや、由紀ってハンバーグ好きなのに、この店では食べたことないよね」

友也が言った。

「そうかな」

とわたしは答え、程よい焦げ目の付いたドリアを頬張った。

「瑛太、今日絵の具いるって言ってたろ。羽菜はボタン留めてあげるからちょっと待ってて」

リビングから友也の声がする。瑛太が「忘れてた！」と言ってどたどたと二階の子ども部屋へ走っていく。

わたしは洗い物をし終え、キッチンを出た。瑛太が絵の具のバッグを持って二階から駆け下りてきた。

「瑛太、他に忘れ物はない？」

「ない、大丈夫」

「今日は体操服いらないよね」

「えっと……いらない！　大丈夫」

瑛太はリビングに行き、ソファに投げ捨てていたランドセルを背負った。羽菜は服の襟元のボタンを友也に留めてもらっている。

「はいできた。羽菜も忘れ物ないな？」

「ない」

「やべ、もう集合時間だ！」

瑛太が玄関に向かい、その後ろを羽菜が「にいに待って」と追いかけた。お気に入りのスニーカーを履き「いってきます！」と声をあげてドアを開ける。わたしは学校へ向かうふたりが門扉を出て行くのを見送った。色違いのランドセルが見えなくなったところで、キッチンに戻り友也のお弁当の準備をする。

「由紀、今日ランチ会の日だよね」

出勤を見送るとき、友也がそう言った。ひと回り大きいスーツを買ったおかげで、みっともない着こなしを卒業していた。スーツも決して安くないのだ、今回のものは長く着続けてくれるといいが。

「うん。いつもどおり二時には帰ってくる予定」

「今日は由紀の決めた店だろ？」

「行ったことないから、いい店だといいけどね」

「だな。じゃあ行ってくるよ」

友也が会社に出かけた。わたしはそれを見送り、急いで洗濯物を集めに向かった。

今日は十一時には家を出なければいけないからいつも以上に忙しい。帰宅後はすぐに瑛太たちが帰ってきてしまう。出かける前に家のことをあらかた終わらせておかなければ。

メイクもして、髪も整えて、着る服もまだ選んでいないから用意しないと。ばたばたと走り回りながら、残りの家事を片づけていく。

月に一度、ママ友たち数人とランチ会を開いている。平日の昼間に集まれる面子(メンツ)ということで、参加者のほとんどがわたしと同じ専業主婦であった。

我が家の建っている地域は、富裕層とまでは言えないが、それなりに経済状況の豊かな家庭が多い。わたしが親しくしているママ友も夫が高収入を得ている人たちばかりだ。

うちは子どもたちの教育環境を優先し、少し無理をしてこの土地に家を買った。そのため彼女たちほど生活にゆとりがあるわけではないが、友也は「ご近所付き合いも大事だから」とママ友たちとの月一の贅沢(ぜいたく)な集まりを許可してくれている。

ランチ会の場所は毎回変わる。幹事を当番制にしていて、その日の幹事が店を選ぶことになっている。決まりはないが、お洒落(しゃれ)でクオリティの高い店、というのが暗黙の了解だ。

わたしは店選びにいつも苦労していた。メンバーの中には頻繁に外食をし、いろんな場所に詳しい人もいるが、わたしは家族と行くファミリー向けのレストランくらいしか知らないのだ、幹事の順番が回ってくるたびにSNSや口コミサイトを巡り必死になって店を調べた。

友也はわたしが店選びに苦戦していることに対し「由紀も時間があるときは外に食べに行っていいよ」と言ってくれる。しかし言われたところでなんだかんだとすることがあり、上手く時間を作れない。気になっていた浴室のカビ取りをしたり、子どもたちの服のボタンを付け直したり、夕飯の献立に悩んだり、友也のシャツにアイロンをかけたり。そんなことをしていると出かけるのが億劫になって、お洒落な店にランチをしに行くよりもリビングでテレビを見ているほうがいいと思ってしまう。

外に出る用事のついでにカフェにでも、と思うこともあるが、自分で稼いだわけではないお金で……家族のお金でひとり贅沢をすることに気が引け、結局いつも家で菓子パンの袋を開けた。

そもそも我が家に十分な余裕などないのだ。友也は昇進が早く、そのため自分には高い収入があり家計も豊かだと思っている節があるが、教育費や家のローン、普段の生活費などを引くと、大した金額は残らない。友也に自覚がない分、わたしが意識して無駄を減らしていかなければいけない。

守らなければいけない家族がいる以上、なんでもかんでも自分の自由にはできないのだ。最優先事項にいるのはいつだって自分じゃない。

「瑛太くんママの旦那さんは優しくていいよねえ。イクメンだしさ」

ママ友のひとりが、自分の夫のいいところは外見だけだという話の流れでそう言った。内面を褒めてくれてはいるが、友也の外見のことは決して言われない。

「そうそう。うちなんてもう全然、仕事ばっかりで。弁護士は忙しいんだって言うけど、もうちょっとわたしを気遣ってくれてもいいのに」

「うちの旦那も自分勝手でさあ。急に海外旅行行こうって家族に相談なしに決められて、今度グアム行くことになっちゃったんだよね」

「ええ、グアム？」

六人で囲んでいる長方形のテーブルには、華やかに盛られたサラダや、ピザやパスタなどの見栄えのいいイタリア料理が並んでいた。店内はシックで大人っぽい内装で揃えられている。初めて来たが当たりの店だ。ママ友たちも、足を踏み入れたときは店のお洒落さに声をあげ、料理が届けば美味しそうと、いろんな角度から何枚も写真を撮った。

しかし数分もすれば、店内の雰囲気にも、料理の見た目にも味にも誰も言及しなくなった。興味を持っているのは各々が語る自慢話やゴシップだけ。テーブルの上では様々な話題が流れていき、やがてひとりのママ友が中学の同窓会に行ったときの話に辿り着いた。

「ちっちゃい子ども連れて来てる子も何人かいてさ、可愛かったなあ。うちの子はもう両方小学生だし、赤ちゃんの頃なんて何年も前だから」

周囲がうんうんと頷く。

「子どもはいくつになっても可愛いけど、やっぱり赤ちゃんいるの羨ましいよね」

「でもわたしはもうこの歳で乳児育てるの無理だわ。体力ないし、若いときに産んどいてよかったって思うもん」

「そうだよね。同窓会だとさ、一歳になったばかりの子がいるのにもう職場に復帰して、独身時代と同じようにがっつり働いてるって人もいて。旦那の稼ぎだけじゃやっていけないからって笑ってたけど、すごいよねえ、わたし絶対できない。家と子どものことだけで手いっぱいだよ」

ねえ、と頷きながらくすくす笑う。自分を下げる発言のようでいて、その実相手を見下しているのがよくわかる。ここに集まっている人たちは、自分たちが働かなくてもいいほどの稼ぎを得ている夫がいる、ということをステータスのひとつだと思っている。適齢期に結婚し専業主婦となり、二十代のうちに子どもをもうけ、子育てをしながらもこうして時折贅沢な時間を過ごす。この生活こそが幸福であり、正解だと考えている。だからその生活ができていない人を下に見る。
嫌だなと思うこともあった。だが結局わたしも同類だ。早く結婚したかったのも、
仕事を辞めて家庭に入りたかったのも、子どもが欲しかったのも、それが当たり前の
幸せの形だと思っていたからだ。
みんなに合わせて少し笑う。ピザをひと切れ取り、ナイフで切ってフォークで食べ
た。味は美味しいが、焼き立てで届いたはずがすっかり冷めてしまっていた。
「でもさ、ひとり、すごい子がいて」
メインで喋っているママ友が話を続ける。すごい子、というのはいい意味ではない。
「漫画家やってるって人がいたのよ。女の子で独身なんだけど、その子学生のときか
らオタクっぽくて、当時から漫画家になりたいって言ってたのは憶えてるんだよね」
何も持っていない両手を大げさに振りながら話した。他のママ友が「へえ」と相槌
を打つ。
「子どものときからの夢叶えてるなんてすごいじゃん」
「いや、それは確かにすごいと思うけど、ペンネームとか作品名聞いても全然知らな
いの。本屋さんで見たこともないし。その子は漫画だけで食べていけてるって言って
たけどさ、少し前まではアルバイト生活だったらしいし、漫画家なんていつ仕事なく
なるかわかんないじゃん」

「ああ、確かにねえ」

「それでいまだに独身でしょ。自分の収入がなくなったときに頼れる相手もいないなんて、わたしだったら不安すぎてやってらんないって」

ママ友が肩をすくめた。周りも乾いた笑い声をあげる。

「本人は生活が苦しくても、夢叶えてる今の人生が楽しいって感じだったから、わたしもすごいねえって話合わせたけどさ、正直ありえないって思ってたよ。夢追いかけるのは悪くないけど、この歳で結婚もしてないし子どももいない、そのうえお金もないって、正直人としてどうなのって」

その点わたしたちはまともだよね、と誰かが言い、みんなが頷いた。わたしも合わせて頷いたけれど、上手く笑顔を浮かべられず、誤魔化すようにサラダを食べた。

話を聞いている間、わたしの頭にはひとりの少女が思い浮かんでいた。

高校のときに同級生だった子だ。同じクラスになったことはない。部活動が一緒だから顔も名前も知っていたけれど、そこまで親しくはなく、あまり話したこともなかった。

それでも、わたしの記憶に深く入り込んだ子だ。

長い黒髪に、切れ長の一重の目。身長はわたしと変わらないはずなのに、その子のほうが背が高く感じた。古くさくて嫌いだった学校のセーラー服が、その子が着るとかっこよかった。

思い出してしまう。ひとりの同級生のことを。その子と過ごした夕方の美術室と、一緒に食べた料理の味を。

弥夜子という名の少女のことを、わたしは思い出してしまう。

夏苅弥夜子は学校内で浮いていた。
どこかミステリアスで、人を寄せつけないオーラを放っていたからだろうか、いつ見かけても弥夜子はひとりでいた。嫌われ者、というよりは、ある種の高嶺の花のように扱われていたと思う。とびきり美人というわけではないが、人目を惹く容姿に、大人びた雰囲気を纏っている女の子。誰も気軽に弥夜子に話しかけることはなかったし、弥夜子自身も孤立していることをわずかも気にしていなかった。
わたしが弥夜子と初めて会話をしたのは一年生の五月のときだ。うちの高校は一年の間は部活動に入るのが必須で、どの部活にも興味がなかったわたしは、中学のときに入っていた美術部に渋々入部届を出した。
わたしが入部したときには、すでに数人の新入生が部員として活動していた。その中には弥夜子もいた。わたしは他の部員にもしたように流れで自己紹介をし、弥夜子も同じようにした。それが初めての会話で、且つ一年生の期間で唯一の会話でもあった。

我が校の美術部の活動は非常にゆるく、その点ではわたしに合っていたように思う。一応平日の放課後は毎日活動しているが、真面目に休まず参加している生徒はほぼいない。

わたしは不真面目なタイプで、行って週に二日、ひどいと一ヶ月近く無断でさぼったこともあった。それでも、やる気があるときにやりたいことをやればいいというスタンスの部だったようで、顧問にも部長にも叱られたことはなかった。気まぐれに顔を出せば、ごく普通に受け入れられ、他の部員に対するのと同じように絵を褒めてもらえる。そんなだから、わたしは美術部自体は嫌いではなく、二年生になってもなんとなく籍を置き続けることになった。

弥夜子は、わたしと違い毎日参加しているタイプの部員だった。わたしがたまに美術室に行くたびに、弥夜子は隅の定位置で黙々とキャンバスに絵を描いていた。部活の時間に彼女を見かけないときはただの一度だってなかった。

道具の場所や絵の描き方を他の部員に訊くことがあったが、わたしは弥夜子にだけは話しかけなかった。絵を描いているときの弥夜子は、教室の前の廊下ですれ違うときよりもはるかに近寄りがたかったのだ。声をかけてはいけないような気がしていた。だからわたしたちは、入部初日から一年以上が過ぎても、二度目の会話をしたことがなかった。

独特な絵を、彼女は描いていた。弥夜子が描くのは抽象画ばかりで、奇妙な色の組み合わせの油絵の具をキャンバスに自由に塗りたくっていた。

正直なところ絵の善し悪しはさっぱりわからない。でもわたしは、弥夜子の描く絵が好きだった。彼女本人を表しているようだったからだ。個性的で、摑みどころがなく、他者にはその内面を測ることができない。それでいて心を惹かれる。弥夜子の絵は、弥夜子そのものだ。

彼女の作品は、美術室や準備室に置かれたり、時には校内に飾られたりもした。弥夜子が三年間に描いた作品のすべてをわたしが把握していたことを、本人は今も知らないだろう。名札などなくとも描いた人物を当てられるくらい、わたしは弥夜子の絵を見ていた。

弥夜子と二度目の会話をしたのは二年生の秋だった。衣替えが終わったばかりで、制服は紺地に紺襟、臙脂色のスカーフを巻いた、古くさい長袖のセーラー服に替わっていた。

その日、わたしはとある理由で傷心していた。どうにか授業をこなしたが、家に帰る気力も湧かず、行くところもなくふらふらと美術室へ向かった。

こんな日に限って部活動の出席者はほとんどいなかった。あろうことか部長も、顧問さえいない。美術室にいたのは弥夜子ただひとりであった。

弥夜子はやはり、黙々と絵を描いていた。わたしはしばしぼんやりと立ち尽くしていたが、やがてのそのそとスケッチブックを準備して、水彩絵の具で絵を描いた。

一時間ほど経っていたと思う。空は夕焼けて、橙の光が美術室に差し込んでいた。

気がつくと、真横に弥夜子が立っていた。わたしは椅子から転げ落ちかけるほど驚いた。ばくばくと鳴る心臓に手を当てながら、澄ました顔でスケッチブックを見ている弥夜子を見上げる。

「あの、何か……」

すると弥夜子は視線をすっとわたしに移した。

「あなた、いい絵描くよね」

思ってもみなかった言葉が出てきて、わたしは理解に五秒かけた。五秒経って、ようやく返事をする。

「ありがとう。夏苅さんほどじゃないけど」

「弥夜子でいいよ」

「え？　あ、うん。じゃあわたしも由紀でいいよ」

「わかった。あたし、由紀の絵が前から結構好きなんだよね」

弥夜子の目がスケッチブックへ戻った。見本も見ずに適当に描いた風景画が白い水彩紙に浮かんでいた。

わたしは「はあ」と気の抜けた返事しかできなかった。まさか弥夜子がわたしの絵を認識していたとは思わなかったのだ。そのうえ「結構好き」だなんて。もしや部長か誰かがドッキリでも企てているのではないだろうか。そんなものに弥夜子が乗るとも思えないけれど。

「これ、完成？」

弥夜子が言う。わたしは少し悩んでから頷いた。

「うん。もうちょい描き込もうかと思ってたけど、こんくらいがちょうどいい気もするから」

「あたしもそう思う。ねえ、これあたしにくれない？」

「え？　別にいいけど」

「ありがとう。そこに置いておいて。乾いたら持って帰る」

はい、と言われたとおりに、スケッチブックを開いたまま作業台に置いた。弥夜子はさっさと自分の椅子に戻り、描きかけのキャンバスに向かう。

「美術室、あたしひとりだったのに、よく参加したよね」

筆を動かしながら弥夜子が言った。その言葉で、わたしは今の今まで忘れていた傷心の理由を思い出した。

「……ちょっと、まだ家に帰りたくなくて」

俯きながら呟く。弥夜子は何も言わなかった。

少しして、かたりと椅子の音がする。弥夜子が立ち上がり、道具を片づけはじめていた。

「あ……弥夜子も帰るの？」

「うん。由紀はまだ時間ある？」

「時間？　まあ、時間なら全然あるけど」

うちの門限は午後九時だ。連絡さえ入れればもう少し遅くても怒られない。

「じゃあ、今から一緒にごはん食べに行こうよ。美味しい店知ってるんだ」

弥夜子はそう言って、夕日の中で微笑んだ。首を縦に振る以外、わたしにできることはなかった。

学校前から三十分ほどバスに乗り、晴ヶ丘五丁目というバス停で降りた。弥夜子はそこから迷うことなく歩き出す。わたしは前を行く同級生にただ黙ってついていく。

少し行くと、目の前にオレンジの壁と瓦屋根が可愛い、洋風の建物が見えた。窓からは明るい光が漏れ、どこからともなく空腹を刺激するいい匂いが漂ってきている。

「由紀、嫌いな食べ物ある？」

弥夜子が振り返った。

「えっと、納豆」

「じゃあたぶん大丈夫。あそこ洋食屋だから、納豆はさすがに出ないでしょ」

弥夜子はふたたび前を向き、オレンジ色の建物に向かって行った。木製のドアにはオリオン座を模った鉄製の飾りが嵌められていた。ドアの横に看板がある。『洋食屋オリオン』と、この店の名が書かれている。

弥夜子がドアを開けるとカウベルが鳴った。カウンターの奥から「いらっしゃいませ」と元気のいい声がした。

「何名様？」

「ふたりです」

「奥のテーブルが空いているので、そこに座ってください」

カウンターの奥はキッチンだろうか、そこからおばさんが顔を出していた。ちらと見渡す限り、おばさん以外にスタッフはいなかった。

弥夜子と向かい合ってテーブルに座る。店にはテーブル席が五つあり、今はすべてが埋まっていた。各テーブルには、涎が出そうな料理が並んでいる。学校終わりの空きっ腹には目の毒だ。

「何頼む？」

弥夜子がテーブルにメニュー表を広げていた。洋食屋の名のとおり、メニューには定番の洋食が並んでいた。

「あたしは煮込みハンバーグにするよ」

「じゃあ……わたしも同じの」

「デザートもあるけど」

「え、甘いの食べたい」

「ならアップルパイも頼もう」

注文が決まり、おばさんを呼ぼうと振り向くと、カウンターからひとりの女の子が出てきた。小学生だろうか、水の入ったコップの載ったトレイを持ち、慎重にこちらに向かってくる。

「いらっしゃいませ。お水です」

「あ、どうも」

「おしぼりです」

「あ、どうもどうも」

エプロンを着た女の子は、トレイの上のものをテーブルに移すと「ごゆっくりどうぞ」と言ってキッチンのほうへ戻っていった。だがすぐに引き返してくる。

「あの、ご注文、お決まりでしたか？」

女の子は慌てた様子でそう言った。わたしは弥夜子と目を合わせ、くすりと笑う。

「うん、もう決まりました」

「あ、じゃあ、ご注文承ります」

女の子は、エプロンの前に付いた大きなポケットから注文票を取り出した。勇ましくボールペンを構えたところで、「煮込みハンバーグとアップルパイをふたつずつ」と弥夜子が言う。

「煮込みハンバーグと……アップルパイを、ふたつ」

繰り返し呟きながら女の子はメモをした。書き終えたところで顔を上げ「少々お待ちください」とうやうやしく頭を下げてから、今度こそキッチンに戻っていった。

「随分小さいバイトだね」

呟くと、弥夜子がふっと笑う。

「ここのシェフの孫らしいよ」

「へえ。お手伝いしてるってこと？」

「じゃない？」

弥夜子はテーブルに片手で頬杖を突いていた。品のない仕草だが、弥夜子がするとやけに絵になって見えた。

「で、由紀は何に落ち込んでたの」

弥夜子がちらと目を向ける。わたしはまた忘れかけていたことを思い出し、ついうるっと目を潤ませる。

「実はね……」

「うん」

「彼氏と別れて」

沈黙が流れた。少しして、「くだらな」と弥夜子が吐き捨てるように言った。

「く、くだらな？」

「もっと深刻な悩みでもあるのかと思ってた」

「ちょ、深刻だよ！　だって振られたんだよ？　向こうから告ってきたくせに！」

「だったらなおさらそんな奴のために落ち込んでやるほうが馬鹿らしいでしょ。男なんて掃いて捨てるほどいるんだし」

「掃いてって、わたしはあなたみたいに相手を選べるほどモテないんだけど」

「あたしは告白されたこと一回もないよ」

嫌みのようには聞こえない。どうやら弥夜子は自分が高嶺の花である自覚がないらしい。わたしは大きく溜め息を吐いた。さてはこの子は、とことん他人に興味がないタイプだな。自分が周囲から浮いていることも、どう見られているのかも、わずかも気にならないし気づかないのだ。

「……なんか力抜けた。言われてみれば、絵描いてるときとかここに来たときは忘れてたし、実はわたしも失恋してる悲劇の自分に酔ってるだけかも」

「そういう年頃だもんね」

「なんか急に恥ずかしくなってきたわ」

わたしは弥夜子と他愛ない話を続けた。弥夜子は存外話しやすく、以前からの友人のように会話は途切れなかった。思えば、彼女はわたしが落ち込んでいると思ってこの店に連れて来てくれたのだ。孤高の狼のように思っていたが、想像していたよりは親しみやすい人なのかもしれない。

「お待たせいたしました。煮込みハンバーグでございます」

しばらくすると、おばさんシェフが料理をテーブルに運んできた。

香り高いデミグラスソースが深い皿にたっぷりと注がれ、そこに肉厚のハンバーグが浸かっている。上に散らされたパセリが鮮やかで、ついつい口元が緩んでしまう。

目の前にそれが置かれた途端、わたしのお腹から「ぐうう」とお手本のような腹の虫が響いた。弥夜子とおばさんが同時に笑った。

「うちの料理は美味しいからね、お腹いっぱい食べて行ってね」

わたしはへへっと頭を掻いた。

弥夜子がカトラリーケースから割り箸を手に取って差し出す。

「ありがと」

「ナイフとフォークのがよかった？」

「いや、箸のほうが食べやすいから」

「うん。そうだよね」

いただきますと手を合わせ、箸の先でハンバーグを切る。ジューシーなお肉は柔らかく、たいして力を入れなくても簡単に切ることができてしまう。

ひと口分の欠片にたっぷりのソースを絡めて口に入れた。三度噛んで、わたしは思わず悶絶した。

味の染み込んだハンバーグはふわふわで、しめじと玉ねぎが煮込まれた少し大人な味のソースも堪らなく美味しい。こんなハンバーグを食べたのは初めてだ。一日三食毎日でも食べられる。

「美味しいね」

弥夜子はわたしの正面でひどく冷静にハンバーグを食べていた。わたしは「そうだね」と平静を装った返事をし、もうひと口食べる。やはり悶絶した。いつか死ぬ日が来たら、人生の最期にはこのハンバーグを食べたい。

「あたし、この煮込みハンバーグ、今まで食べた料理の中で一番好きなんだよね」

弥夜子が言った。わたしは頷く。

「わかる。わたしもそうなった。十七年の人生で一番美味い」

「はは。そりゃ連れて来た甲斐があったよ」

わたしたちは夢中で煮込みハンバーグを食べた。食べ終えた皿には、ソースすら残っていなかった。

タイミングを見計らいアップルパイが運ばれてくる。こっちはナイフとフォークを使いながら、上品に切り分けて食べていく。

「弥夜子はさ、やっぱり将来は絵の仕事をしたいと思ってるの？」

ほどよい甘さのアップルパイを飲み込み、そう訊いた。弥夜子は迷うことなく首を縦に振る。

「うん。あたしは絵を描いて生きていきたい」

「おお、すごいね。弥夜子ならやれると思うよ」

「由紀もやれると思うけど」

「まさか、わたしは凡人の域を出ないし、絵に対してそんなに情熱もないからさ。それにわたし、他に絶対叶えたい夢があるんだよね」

口食べた。

「お嫁さんになること」

沈黙が流れた。弥夜子はクールな視線をこちらに向けながら、アップルパイをひと口食べた。

「へえ、何それ」

「お嫁さんになること」

「絶対くだらないって思ったでしょ」

「というより、幼稚園児かなって思った」

「まあ幼稚園の頃から持ち続けてる夢ではある。てかさ、憧(あこが)れない？　お嫁さん」

身を乗り出すと、弥夜子はふっと笑う。

「さあ。あたしは結婚願望ないし、子どももいらないから、あんまりわかんないかな。家族を作るよりは、身軽で気軽に好きなことをし続ける自由のほうが憧れる」

「確かに弥夜子はなんかそんな感じがするけど。でもさ、わたしは結婚に憧れてるのよ。素敵で優しくて子煩悩な旦那(だんな)さんと二十五で結婚して、子どもはふたりで、マイホーム建てて、わたしは家族の帰りを家で待ちたいから、できれば専業主婦になりたいなって」

理想の自分の姿を訊かれれば、簡単に思い描くことができる。この理想こそがわたしにとっての幸せの形なのだと断言もできる。

「いいんじゃない。立派な夢だよ」

その日々の中、今も時々ふと、弥夜子のことを思い出す。

夏苅弥夜子の名前を何度も検索しようとしては、何度も止めた。弥夜子の現在を知ることをなぜか躊躇った。

一緒にオリオンのハンバーグを食べた日から、二十年近くが経とうとしていた。弥夜子はあの日から変わっただろうか。今は、何をしているだろうか。

弥夜子。あなたは夢を叶えただろうか。

その道は、あなたにとっての幸福なんだろうか。訊ねても、記憶の中の少女は呆れた顔で笑うばかりだ。

「瑛太待て、靴下左右違うの履いてる。羽菜、何、みつあみ解けたって？　ちょっと待ってて。由紀！　羽菜の髪の毛直してあげて！」
リビングから友也の声が聞こえた。わたしは洗い物を途中で止め、手に付いた水を払ってからばたばたとリビングに向かう。
「ママ、みつあみ引っかかっちゃった」
羽菜が泣きそうな顔をしていた。瑛太は靴下の相方を捜して収納ボックスをぐちゃぐちゃに漁っている。

「すぐにやり直せるからね、前向いてて。友也、瑛太の靴下捜してあげて」

時計を見ると、すでに登校班の集合時間になっていた。わたしは急いで羽菜の髪を解き、編み直す。友也が瑛太の靴下の片方を見つけていた。あたりには靴下が散らばっていた。

「ふたりとも忘れ物ない？」

「あ、算数のノート机に置きっぱなしだった」

「早く取って来て！　羽菜は？」

「ママ、あのね、今日ね、図工で牛乳パックいる」

「は？　今？」

白目を剝きそうになった。羽菜は純真無垢な顔でわたしを見上げて頷いた。

「……一個でいい？」

「二個」

「パックの形のまま？　それとも切って開く？」

「そのまま」

わたしは急いでキッチンに向かった。開封済みの牛乳と未開封の牛乳が冷蔵庫に入っている。空のペットボトルがあったからそれに中身を移し替え、余った分はとりあきっと明日(あした)も同じだろう。

毎日同じことの繰り返し。わたしはいつも、一体何をしているのだろうか。

最後の洗濯物を干し終えた。空になった洗濯カゴを持って家の中に入る。次は何をしなければいけないだろう。とりあえずスーパーに行って、ついでにクリーニング店に預けていたものも取りに行って、その後は洗濯物を畳んでアイロンをかけて、ああ、トイレ掃除も数日していない。風邪薬も切らしていたから買っておかなければいけなかった。子どもたちはいつ病気になるかわからないから。でもまだ他にもやることがあるはずだ。三時が過ぎれば子どもたちが帰って来てしまうし、そのあとは夕飯の支度をしないといけない。

「…………」

リビングの真ん中に突っ立って、わたしは時計を見上げた。午前十時三十分を指していた。持っていたままの洗濯カゴをその場に落とす。

簡単にメイクをして、収納ボックスから適当に摑(つか)んだ服に着替え家を出た。平日の午前は、空がよく晴れていた。

我が家の最寄りのバス停から晴ヶ丘五丁目までは二十分ほどで着く。わたしはバスを降りてから真っ直ぐ『洋食屋オリオン』に向かった。オリオンの開店時間は確か午前十一時だったはずだ。今は十一時五分。まだオープンしたばかりだ。

　どうしてオリオンに来たのかよくわからない。ここに来たかったというより、家にいたくなかっただけだ。やらなければいけないことはたくさんある。けれど母親として、妻として、家族のためにやらなければいけない仕事を、今は何ひとつしたくなかった。

　ドアを開けると、いつもの綺麗な店員さんではなく、シェフの女の子が「いらっしゃいませ」とカウンター越しに出迎えた。ちらと見ると、窓際の奥の席にひとりだけ客が座っていた。わたしはその人と逆の、バックヤードに近い奥側のテーブルに向かった。

　椅子に座り、ふうと息を吐く。やるべきことを放り出してここまで来てしまった。帰ったら家事が山積みだが……来てしまったものは仕方ない、さっさとお昼を食べてさっさと帰ろう。

　そう思いながら顔を上げた。ふと、違和感に気づいた。以前までなかったものがそばの壁に飾られている。

　一枚の絵画だった。独特な色の組み合わせを自由にキャンバスに塗った油絵。描いた本人にはテーマもメッセージもあるのだろうが、見る者は誰もそのすべてを見透かすことはできない。掴みどころはなく、本心を隠し、けれどこちらの心は捉えて放さない。

わたしはゆっくりと目を見開いた。知っている絵よりもずっと洗練され、芸術品として完成されていた。でも確かに知っている絵だ。

名札などなくても、わたしはこの絵の作者を当てることができる。だってわたしは、三年間で描かれた彼女の絵をすべて見ていたのだから。

「弥夜子の絵」

呟（つぶや）いた。そのとき、テーブルに水がことりと置かれた。

「ミヤコ・ナツカリさんのことご存じなんですか」

シェフの女の子がにこりと笑んだ。

「……ミヤコ・ナツカリ？」

「ふふ、わたしは芸術に疎いので知らなかったんですけど、海外で有名な画家さんだそうですね。ここらの出身らしくて、学生時代にうちによく来ていたとかで、そのご縁で絵を一枚寄贈してくださったんですよ」

わたしはぽかりと口を開けたまま、飾られた絵に視線を戻した。

この絵は、やっぱり弥夜子の絵なのだ。弥夜子は学生時代からの夢を叶（かな）え、成功している。唯一無二の才能で彼女にしかできないことをしている。わたしとはまるで違う華やかな人生を、弥夜子は歩んでいるのだ。

「もしミヤコさんのファンでしたら、サインとかもらえるか訊いてみましょうか？」

シェフが悪戯を相談するみたいにこそりと耳打ちした。

「弥夜子と連絡が取れるんですか？」

「取れるというか、今そこにいらっしゃるので」

シェフが右手で後ろを指し示した。わたしと離れたテーブルに、ひとりの客が座っていた。長い黒髪の女性だ。開いたメニュー表を手にしながらも、すっと鼻筋の通った横顔は、猫が昼寝をしている出窓のほうを向いている。

けれどふと、視線に気づいたのか、こちらに顔を向けた。高嶺の花だった彼女は、今もミステリアスなオーラを纏う、魅力的な人だった。

「弥夜子？」

わたしは思わず名前を呼んだ。呼んだ途端にやってしまったと思った。わたしはインパクトのある彼女をよく憶えているが、向こうはそうではないだろう。高校時代の部活仲間など顔も名前もとっくに忘れているに違いない。

一ファンの振りをしておけばよかった。後悔するわたしに、弥夜子はいつだって思いがけない言葉を投げかける。

「由紀」

当たり前のように名を呼び返し、久しぶりだねと、あのときみたいに、弥夜子はクールに微笑んだ。

弥夜子のテーブルに移動し、料理を一品注文した。弥夜子は窓の外を眺め、長い髪を耳にかけていた。学生時代から大人っぽい子だったが、年齢を重ねて妖艶さを増したようだ。綺麗だなあと見惚れてしまう。適当な薄化粧で済ませ、色の剝げかけたTシャツを着てきた自分が酷く恥ずかしく思えてくる。

「由紀、今もこのへん住んでたんだ」

弥夜子の視線がわたしに向いた。わたしは咄嗟に背筋を伸ばし、昔のロボットみたいにぎこちなく頷く。

「うん。家族と一緒に住んでる。夫と子どもがいてさ」

「結婚したんだ。子どもはふたり？」

「よくわかったね。上が男の子で下が女の子」

ふうん、と弥夜子は呟いた。弥夜子の手に指輪はない。結婚はしていないのだろうか。

「弥夜子は、画家になったんだってね。さっきシェフの子に訊いたけど、海外で有名なんだって？」

「まあ、満足いく仕事はさせてもらってるかな。大学出てからずっとパリに住んでてさ、そっちで絵を描き続けてるんだ。ひとりでのんびり充実した生活してるよ」

「パリかあ」

「今は、身内の法事があったから、休暇がてら数日実家に戻ってきたとこ」

「そうなんだ。弥夜子は夢、叶えたんだね」

わたしは目を伏せた。テーブルに置いた、結婚指輪だけを嵌めた手は、かさついて白い粉を吹いていた。

「由紀もじゃないの？　夢叶えてるじゃん」

弥夜子が言う。わたしは「うん」と、口だけで答えた。

いつか弥夜子に語った夢は、確かに叶えた。わたしはお嫁さんになった。妻になり、母になった。自分が望んだ未来を手に入れていた。

「でもさ」と弱く呟く。

「なんか、最近わかんないんだよね。わたし本当にこのままでいいのかなって。昔は綺麗な理想しか知らなかったから、素直な気持ちで憧れてたけど。実際に今の生活をしてて、こんな日常がずっと続くんだって思ったら、本当にそれがわたしの幸せなのか、わかんなくなっちゃって」

何も考えずに言葉を発していた。

しかしわたしの本音だった。

「毎日同じことばっかり繰り返して、そのくせいつもいっぱいいっぱいでさ。主婦業なんてどれだけ頑張っても一円にもならないから達成感もないし、これが本当にわたしの望んだことなのかなって。子どもたちは可愛いしいい子だよ。それにうちは夫も気が利いて優しいほうだと思う。わたしのすることにちゃんとお礼を言ってくれるし、家にいるときは子どもの面倒も見てくれるしさ」

恵まれていると思っている。なのに、急にわからなくなる。描いたとおりのこの人生が、本当に正しかったのか。幸せだと自分に言い聞かせているだけじゃないのか。自分と違う人生を歩んでいる人たちを見下す振りをしながら、本当は心のどこかで羨ましく思っていた。

弥夜子。十六歳だったあのときから、わたしたちはどう変わっただろうか。あなたは行く道を間違えずに、自分の努力と才能で多くの人に認められた。この世で唯一の存在になった。わたしは、どうだろう。

どこにでもいるただの主婦。友也の妻。瑛太のお母さん。羽菜のママ。それ以外に、今のわたしを表す言葉はなんだろう。

「……絶対くだらないって思ったでしょ」

弥夜子は涼しい表情でコップの水を飲んでいた。

わたしがじとりと睨むと、弥夜子はふっと笑った。

「というより、知らんがなって思った」

「し、知らんがな？」

「だってそうでしょ。あたしに言われても知らないよ。あたしは今の由紀を知らないから何も言えない。あたしに答えを求めないで。もし答えを求めてないならもっと無理。吐き出してすっきりすることもあるだろうけど、あたしは他者の愚痴の捌け口になるのは大嫌いなの」

ぴしゃりと弥夜子は言う。弥夜子らしいなと思いつつ、わたしはぐでりと項垂れた。弥夜子に愚痴を言っていたつもりはない。どちらかというとはっきりした答えを求めていた。何にせよ望んだものは返ってこなかったが。

「じゃあ、例えば」

溜め息交じりの弥夜子の声と、香ってくるいい匂いに釣られて顔を上げる。二人分の煮込みハンバーグがわたしたちのテーブルに届いた。いつか、弥夜子と一緒に、この店で向かい合って食べた料理だ。

「これをどんなときに食べたいかって考えてみたら？　あたしは、ひとりでほっとしたいなあってときなんだけど、由紀はどう？」

弥夜子が問う。

深めの器に盛られた煮込みハンバーグ。たっぷりと入ったデミグラスソースには玉ねぎとしめじが一緒に煮込まれ、それらの味の染みた肉厚のハンバーグがお皿の中心に盛られている。彩りに添えられたのは緑が綺麗なパセリだ。作り手は替わっても、学生時代に食べたときと、見た目は同じままだった。

どんなときに食べたいか。頭の中で弥夜子の言葉を反芻する。

今からオリオンに行くと言えば瑛太が踊りながらはしゃぐ。オムライスを食べて、羽菜が口の周りをケチャップで真っ赤にしながらにんまり笑う。友也が、食べてみなよと、自分が美味しいと思ったものを分けてくれる。そんな何気ないことを思い出す。

「……わかんない。でも、子どもたちと夫の顔が浮かんだ」

「答え出てるじゃん。それが由紀にとっての価値あるものってことだよ」

弥夜子が箸を手に取った。わたしも真似して箸を持ち、ハンバーグを切り分ける。感触は柔らかく、けれど形は崩れない。ひと口分のハンバーグを摑んで、ソースをよく絡めてから口に運んだ。ジューシーなお肉とコクのあるソースが絶品だった。舌触りもよく、嚙むほどにハンバーグに染み込んだ味がじわりと溶け出してくる。

オリオンの煮込みハンバーグの味だ。

「美味しいね」

弥夜子が言った。わたしは少し洟を啜って、迷わず頷いた。

「うん、美味しい。人生で食べた料理の中で一番美味しい」

「あたしたち、あれから二十年近く生きたのに、美味しい料理番付一位、全然更新されてないんだ」

弥夜子が高校生のときと同じ表情で笑う。わたしも子どもみたいに笑った。

オリオンの煮込みハンバーグが美味しいんだと、今すぐ家族に伝えたかった。食べた料理の美味しさを伝えたい。そして今度は一緒に食べたい。

そう思える相手がいることが……そんな些細でどうでもいいことが、わたしにとっては何よりも価値あるものだった。

高校生だったあの日にオリオンで過ごした記憶が、いつまでもわたしの中に残っていたように。そのときには幸せだと気づかないような出来事が、積み重なって、わたしの日々を支えている。嫌になることとくらいそりゃ何度もあるけれど、それを上回る幸せを、わたしの大事なものは与えてくれる。

ああ、そうか。たとえ世界にとってわたしが何者でもなかったとしても、わたしをわたしとして認めてくれる人がいる。満たされるにはそれで十分だった。だから、この人生を選んだのだ。

誰とも違う、わたしだけの幸福のあるこの道を。

「……やだ、急に情けなくなってきた。なんかすごいくだらない悩みで家族のことも否定するところだった。うああ、みんなに申し訳ない」

「そういうときもあるよ。それに由紀の家族なんだから、そういう由紀の情けないところも全部ひっくるめて受け入れてくれるでしょ。あんまり気にしなくていいんじゃない？」

「情けないってところは否定してくれないんだ」

「まあ情けないからね」

頭を抱えるわたしに弥夜子は容赦しない。ぐさりと刺さるが、昔から変わらない弥夜子に、ほんの少しの嬉しさも感じている。

「あたしはさ」と弥夜子が言う。

「後世に名を残す画家だろうが、専業主婦だろうが、人としての優劣なんてもんはないって思ってるよ。あたしは絶対に画家のほうがいいけど、それはただの個人のこだわりでしかないから」

「うん」

「何をするかってのはたいして重要じゃないんだよ。大事なのは自分が自分の為すべきことをして、それを認めてくれる人がいるってこと。どっかのお偉いさんでも、顔も知らない他人でも、家族でも、自分自身でも、誰でもいいから」

弥夜子の言葉に頷いた。わたしは目頭を指先で拭った。

「まあ、別に迷うのも悪いことじゃないけどね。一秒も、一ミリも自分の選択や幸福を疑わない人生なんてあり得ないから」

唇の端に付いたソースを舌で舐めながら弥夜子が言う。唇に付いたものを舐めてしまう癖も昔から変わっていないらしい。

「弥夜子も迷うことある？」

わたしが訊くと、弥夜子は珍しく少し考えてから答えた。

「悩んでたことならあったよ。でも由紀が迷わず言ってくれたから、十六歳のあの日から、もう迷うことはなくなった」

わたしはなんのことかわからず首を傾げた。弥夜子は声をあげて笑った。

弥夜子がハンバーグを食べる。わたしもさっきより大きめのひと口を頬張る。

「時々疑うのも、自分を見直すいいタイミングだと思えば悪くないんじゃないかな。落ち込んだときは、美味しいもの食べればいいんだから。そしたら元気出るからさ。美味しいものは、幸せでできてるんだ」

それは確かに、とわたしは思った。オリオンの煮込みハンバーグは間違いなく幸せの味だった。だから今度は家族と一緒に食べに来よう。

最後のひと切れを食べて、相も変わらず悶絶する。

後日、弥夜子に聞いていたパリの住所に手紙と家族の写真を送った。すると二ヶ月後に、手紙の返事の代わりに一枚の絵が我が家に届いた。

抽象画ばかり描いていた弥夜子には珍しい、風景画だった。その絵に何か見覚えがある気がすると、記憶を探り、思い出す。わたしが失恋した日に描いて、弥夜子にあげた絵と同じ景色を描いたものだった。

まさか、弥夜子はまだあの絵を持っているのだろうか。あんななんの価値もない絵を……いや、弥夜子にとっては価値あるものだったのかもしれない。その理由は知らないけれど、少なくとも今もあの絵の存在を憶えているほどには。

わたしはリビングに絵を飾った。瑛太と羽菜はそれを気に入り、真似して画用紙に風景画を描くようになった。友也は、ミヤコ・ナツカリの作品の価値を調べ目玉をひん剥いていた。どのくらいの値が付くものなのか、わたしは訊かないことにした。

家族はこの絵が我が家に届いた経緯を不思議に思っている。だからわたしは、自慢の友達と、オリオンとの出会いの話を彼らにしようと思う。

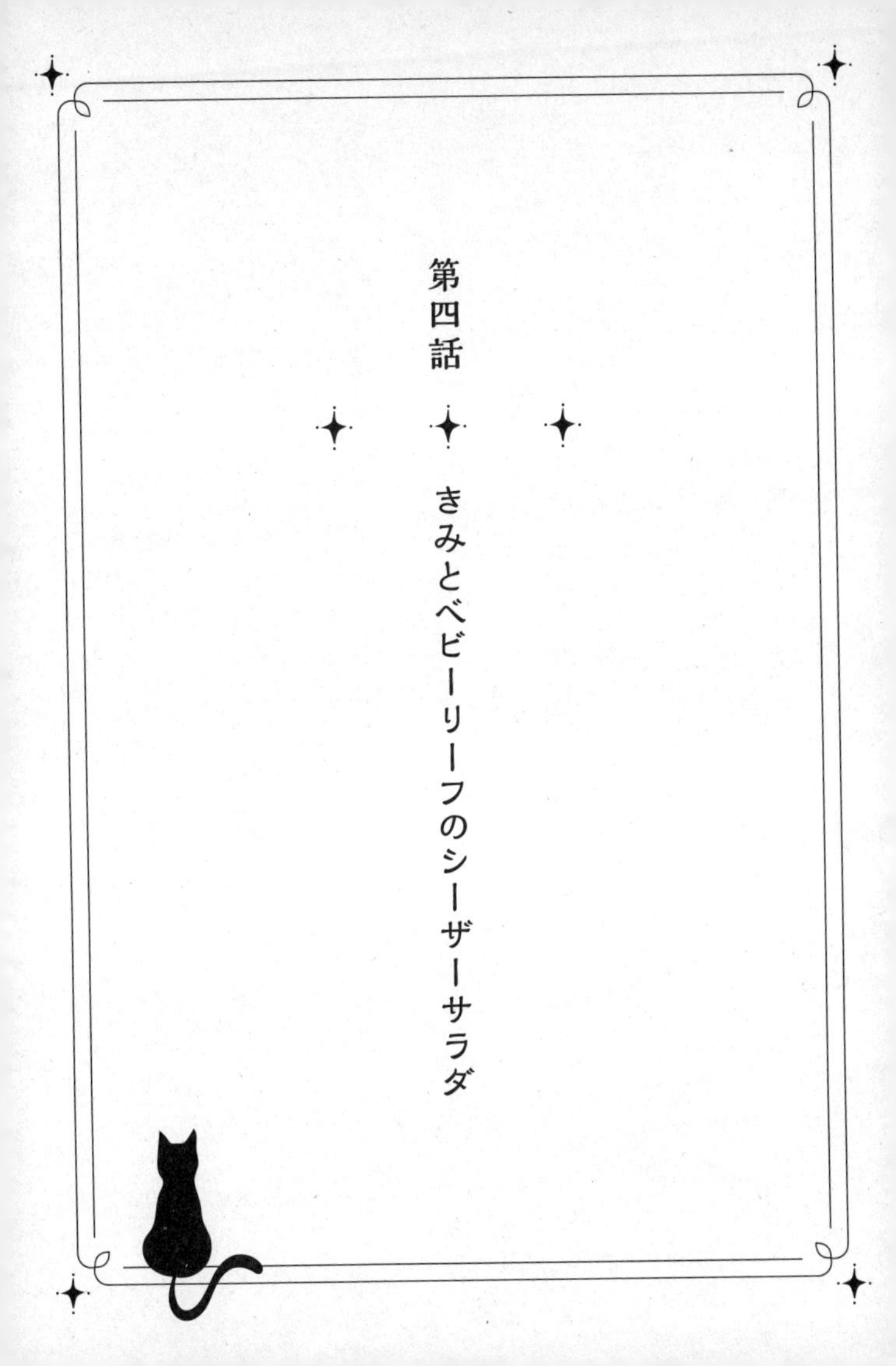

第四話

きみとベビーリーフのシーザーサラダ

お父さんが帰ってこなくなって二年が経った。

わたしは三年生になって、お母さんは、昔とちょっと変わった。

わたしは、朝ごはんを食べなくなった。お昼は学校で給食を食べて、夜はコンビニのパンとかカップラーメンとか、台所に置いてあるものを食べたり、何もなかったら食べなかったりした。

台所と居間にはビールの空き缶がいっぱい転がっていた。お母さんが飲んでそのままにしているものだ。

お母さんはわたしが学校から帰ってくるとどこかに行っていて、夜中に帰ってくることもあれば、何日も帰ってこないこともあった。仕事に行っているわけじゃないみたい。お母さんは働いたことがない。わたしたちは「セイカツホゴ」というのを受けていて、そこから生活するお金をもらっているんだよって、隣の部屋のおばさんが前に言っていた。

「お母さん、帰ってたんだ」

朝、隣の家の目覚まし時計の音で目を覚ました。眠たい目をこすってお布団から起き上がると、居間のテーブルにお母さんが突っ伏していた。おはようと言ったけれど、お母さんから返事はない。代わりにいびきが聞こえていた。近づくとお酒のにおいがした。お母さんはお化粧をしたままで、服もパジャマに着替えていなかった。

わたしはお母さんを起こさないように静かに歩く。シンクに置いてあるコップに水をいっぱいに入れて飲み、洗面所に行って顔を洗う。

半年前に洗濯機が壊れてから、服はお風呂場で洗っている。においとかはしないけど、一年生のときから同じ服を着ているから、色が剝げちゃっているし、今のわたしにはちょっと小さい。でも他に着るものがないから、乾いている中でできるだけましなのを選んで着替える。

ベランダから下を覗いた。ちょっと待つと、向かいの一軒家に住むおじさんが柴犬を連れて家から出てきた。あのおじさんは雨でも晴れでも、絶対に朝の七時ちょうどにわんちゃんの散歩をしに出かけるのだ。うちの時計は全部電池が切れちゃっているから、おじさんの散歩が朝の時計代わりになっている。

わたしは急いで部屋に戻りランドセルを背負った。お母さんはまだ寝ていた。

「いってきます」

と小さな声で言って、アパートの玄関を出た。

前は同じ登校班の子たちと一緒に学校に行っていたし、そうすることが決まりになっているけれど、お父さんがいなくなってしばらくしてから、みんなに避けられるようになってしまった。

わたしのお父さんが、わたしたちを捨てて他の女の人のところに行ったとか。そのせいでお母さんがサケビタリってやつになって、毎日酔っぱらって遊び歩いているとか。みんなのお母さんたちが噂しているんだろうことを、みんなもわたしの前でこそ話した。それが嫌で、いつからか登校班と一緒に通学しなくなった。みんなが集合するよりも早い時間に登校して、まだ静かな学校でひとりで過ごすのが、わたしの日常になっていた。

裏門から学校に入り、昇降口には向かわずに校舎裏の飼育小屋のほうへ行く。わたしの小学校の飼育小屋では、うさぎとにわとりを飼っている。わたしはいつも、遅刻しないぎりぎりの時間までここでうさぎを観察してから教室に行っている。うさぎが好きだし、朝はこの辺りには誰も来ないから。

だから今日も真っ直ぐに飼育小屋に向かった。そしたら、いつもは誰もいないはずの校舎裏に、人がいた。

飼育小屋の隣にある花壇の前に、黒いランドセルを背負った男の子が座っている。

わたしは飼育小屋の手前でぴたりと足を止めた。そのままこっそり立ち去るつもりだったけれど、そうする前に気づかれた。

そこにいた人が振り返る。隣のクラスの佐久間新くんだ。同じクラスになったことはないけれど、人気者だから知っている。明るくて優しくて、誰とでも友達になれちゃう人だ。わたしは、もちろん、一回も喋ったことがない。わたしは新くんみたいな、お日様みたいな人が、ちょっと苦手だ。

「尾形美和ちゃん」

新くんが言った。わたしはびくっと肩を揺らした。声をかけられたことも、わたしを知っていたことにもびっくりした。

「二組の尾形美和ちゃんだよね」

「なんで、わたしの名前」

「同じ学年の子の名前くらい知ってるよ。あ、もしかしてぼくのこと知らない？　ぼくは三組の佐久間新。ねえ、美和ちゃんはここで何してるの？」

「……べ、別に、何も」

「まだ学校に来るには早い時間だけど」

わたしはスカートを握り締めていた。心臓がばくばく鳴っていた。どうしよう。今日はうさぎの観察はやめてもう教室に行こうか。でも何も言わずに行ったら変なやつに思われてしまう。何か言わないと。なんて言えばいいんだろう。いつも、誰にも会わなかったのに。

「こっちおいでよ」

新くんは、花壇の前に座ったままちょいちょいと手を振っていた。わたしはスカートを握り締めたまま、少し悩んでから、ゆっくり新くんのほうに歩いていく。

「ぼく、ここに花壇があること知らなかったんだ。こんなに花が咲いてるところが学校にあったんだね」

新くんが自分の隣の芝をぽんぽんと叩いた。わたしはちょっと間を空けてしゃがんだ。目の前には、広い花壇いっぱいに咲く、いろんな種類の花があった。可愛い花ばかりだ。

「……綺麗」

自然にそう言っていた。いつもここに来ているけれど、いつもうさぎばかり見ていたから、こんなにも綺麗に花が咲いていることに気がついていなかった。

「そうだね。全部綺麗に咲いてる。これはね、デイジーっていう花だよ」

新くんは、一番近くに咲いている花をちょんとつついた。真ん中が黄色くて、細長くて白い花びらがたくさん付いた花だ。

「あっちに咲いてるのはマリーゴールド。チューリップはさすがにわかるか。それであれはペチュニア」

新くんは花の名前を言いながら次から次に指さしていく。

「その向こうはなんだろなあ」

「お花、詳しいんだね」

「うん。ぼく、植物のことが好きなんだ」

新くんはランドセルを下ろし、中から植物図鑑の本と、ぼろぼろになったノートを出した。図鑑には学校の図書室のシールが貼ってある。

「この本、もう何回も借りてるんだよね。いろんな植物のことが載ってて楽しいんだ。自分の本だったら付箋貼れるんだけど、図書室のだから貼れなくて。代わりに内容をノートにまとめて、ノートのほうに付箋貼ってんの」

見る？　と訊かれたから頷いた。わたしは渡されたノートを開いた。丁寧な文字と絵がびっしり書かれていて、まるで本物の図鑑みたいだった。新くんは本当に植物のことが好きらしい。好きじゃないと、こんなことできない。

「あ、これだ。サクラソウ」

図書室の図鑑のほうをぺらぺら捲っていた新くんは、真ん中らへんのページを開いてわたしに見せた。花びらがハート形になった花の写真が載っている。ほら、と新くんが向いたほうを見ると、花壇にも同じ花が咲いていた。

「サクラソウっていろんな品種があるんだって。全部見てみたいなあ」

新くんが図鑑を見ながらひとりごとを言うみたいに呟く。わたしは新くんのノートをぺらぺら捲った。サクラソウのことはまだ書いていなかった。書き写すのは大変だから時間がかかるらしい。一冊まるごと書き終えられるのは一体いつになるんだろう。

「美和ちゃんも花壇を見に来たの？」

新くんが顔を上げて言った。

「ううん。わたしは、いつも飼育小屋のうさぎを見てる」

「いつも来てるの？　この時間に」

「……うん」

「なら明日も来る？」

なんで、と新くんは訊かなかった。

わたしは頷く。

「じゃあぼくも来るよ」

当たり前みたいに新くんは言った。わたしはなんでだろうと思ったけれど、新くんがわたしに何も言わなかったみたいに、わたしも理由を訊かなかった。

「班のみんなと来なくていいの？」

「みんなにはぼくがいなくても出発してって言っておかないとね」

新くんが図鑑をランドセルにしまう。ノートを返すと、それも一緒にしまった。

「このノート、誰にも見せたことなかったんだ。美和ちゃんが最初」

新くんはにこっと笑う。わたしはぱちりと瞬き（まばた）をした。新くんみたいな人のことが苦手だったけれど、やっぱりちょっと好きになった。

「見せてくれて、ありがとう」

ぺこりと頭を上げると、新くんは「ふふっ」と声をあげた。

新くんが立ち上がってランドセルを背負い直す。わたしもよいしょと膝（ひざ）を伸ばした。遠くから声が聞こえていた。早い子たちが登校しはじめたのだ。

「じゃあ、明日ね」

ひらひらと手を振って新くんは歩いていった。わたしはしばらくその場にぽつんと立っていたけれど、少しだけうさぎを観察してから、朝のチャイムが鳴る少し前に教室に向かった。

教室はいつも賑（にぎ）やかだ。だけどわたしが入ると、ほんの一瞬だけぴたりと空気が止まる。それからすぐに元に戻って、またざわざわしだす。クラスみんな、わたしのことが見えていないみたいにしているから、わたしもできるだけ誰の邪魔にもならないように、雑草のつもりになって、教室の隅の自分の席に座る。

昨日までと同じ教室で、いつものように、誰とも喋らずに机の木の模様だけを見ていた。そうしたら、ついさっきの出来事が夢だったんじゃないかって気がしてしまった。

うん、そうだ。あれは夢か、まぼろしでも見ていたんだ。だって毎日わたししかいなかった場所に、学年の人気者の新くんがいて、しかも向こうから気軽に話しかけてくれるなんて、あり得るはずない。たぶん、あんまりにも友達がいないから、変なことを考えて、変なものを見ちゃったのだろう。

明日からはまたひとりだ。ちゃんとひとりでいつもどおりに過ごそう。

そう思っていたのに、次の日、また新くんがいた。

「おはよう美和ちゃん」

といつものことみたいに声をかけられて、わたしは昨日のことが夢じゃなかったんだと気づいた。

「お、おはよう」

「ぼくもさっき来たとこだよ」

今日も花壇の前にいたから、わたしは昨日よりも距離を近くしてしゃがんだ。花壇にはやっぱり花が咲いている。これはデイジー。あれはマリーゴールド。その向こうはチューリップであっちはペチュニア。その手前がサクラソウ。

昨日教えてもらったから覚えた。夢だと思っていたけれど、夢でも素敵だったから、何回も思い返していた。

「この花壇の花って誰が育ててるんだろう」

新くんは花壇の土を指の先でいじっている。

「たぶん、先生か、栽培委員会の人たち、だと思う」

「栽培委員会かあ。ぼく、四年生になって委員会活動できるようになったら、絶対に栽培委員になりたいんだよね。美和ちゃんは？」

「わたしは……飼育委員がいいな」

「飼育委員なら、委員会活動すぐ隣でできるね」

新くんが飼育小屋のほうを見た。うさぎが何羽か巣箱から出てきて、しなしなになったキャベツを食べていた。

新くんは、今日もノートを見せてくれた。昨日よりも四ページ増えていた。おうちに帰ってから書いたらしい。他の男の子たちは、おうちに帰ったら外に遊びに行ったり、ゲームとかしたり、テレビを見ていたりすると思うけれど、新くんはずっと植物の勉強をしているんだって教えてくれた。

「ぼくね、大人になったら植物にかかわる仕事をしたいんだ」

いろんな花の話をしながら、新くんがそう言った。

「新くんなら、絶対になれるよ」

「ありがと。美和ちゃんは将来の夢ってある？」

「わたしは……わかんない」

「そっか。いつか夢ができるといいね」

こくりと頷いた。新くんにそう言ってもらえたら、わたしもいつか、夢が持てるようになるんじゃないかって思えるようになった。

次の日も、休みが終わった月曜日も、火曜日も、その次の日も、新くんは毎日校舎裏に来るようになった。花壇の花とか図鑑を見ながら、新くんに植物のことを教えてもらったり、ふたりで飼育小屋のうさぎに勝手に名前を付けたりした。

わたしたちは、誰にも内緒のふたりだけの時間を過ごした。

学校は、息をするのが苦しくなる場所だった。友達なんてひとりもいないし、みんなに無視されるから。だからわたしはここにいちゃいけないんだと思っていた。けれど、新くんのおかげで、最近は学校に来るのがちょっと楽しみになった。教室でひとりぼっちでも平気なくらい、学校が好きになった。

でも。

学校でどんなにわくわくしても、家に帰ると心がきゅうっとしぼんでいく。

学校から帰ってもお母さんはいない。夜になっても帰ってこなくて、わたしは寝るまで家の中でひとりで過ごす。朝起きてもひとりきりのこともよくあった。お母さんが帰っていたとしても、居間のテーブルで寝ているか、すごく酔っぱらっているかのどちらかで、わたしの話なんて聞いてくれない。

お父さんがいた頃はこんなふうじゃなかったのに。お母さんは優しくて、ごはんも作ってくれて、わたしの話をたくさん聞いてくれたのに。お父さんがいなくなってお母さんは変わっちゃった。昔のお母さんじゃなくなった。でも、どんなお母さんでも、わたしのお母さんだった。


「美和ちゃんおはよう」

「新くんおはよう」

いつからか緊張せずに新くんに挨拶を返せるようになった。わたしは今日も新くんの隣に座る。

花壇の花は、初めてここで新くんに会った日から種類がほとんど変わった。春の花から、夏に咲く種類に植え替えられていた。

「新くん、あのね、今日は新くんに見てもらいたいものがあるんだ」

ランドセルから一冊のノートを出した。二年生のときに使っていた国語のノートだ。半分くらい授業で使って、残りの半分はまっさらなままだったノートに、わたしは二週間かけてあるものを書いていた。

「新くんからお花のことを教えてもらって、わたしもお花のことをもっと勉強してみようって思ったんだけど、わたし頭が悪いから、あんまり覚えられなくて。だからね、自分が覚えやすい方法でやってみようかなって」

新くんみたいに図鑑に書いてあることをまとめるだけじゃ頭に入らない。だから、物語を書いてみた。花の王国を舞台にしたファンタジーだ。主人公は小柄で可愛い女の子のデイジー。春の都に住んでいて、幼馴染（おさななじみ）の優しい男の子サクラに密（ひそ）かに恋をしている。

花の咲く時期とか、名前とか見た目とか、物語のキャラクターにするとすっと頭に入った。書いている間は嫌なことを全部忘れられるくらい楽しかった。

「小説？　美和ちゃんすごいね。そんなの書けるんだ」

「初めて書いたから、全然上手じゃないんだけど」

新くんはノートを開くと、少しだけ文章を目で追いかけて、顔を上げる。

「ねえ、このノート今日一日借りてもいい？　ゆっくり読みたい」

「うん……ちょっと恥ずかしいけど」

「恥ずかしいことなんてひとつもないよ。明日（あした）返して、感想言うね」

新くんは自分のランドセルを開けた。新くんのランドセルには、教科書とか授業のノートの他に植物図鑑と植物ノートが入っている。新くんはわたしのノートを、図鑑と植物ノートの間に大事にしまった。わたしは心臓が少しどきどきしていた。

「長そうだけど、いつ書いてたの？」

「おうちで。眠くなるまで書いてた」

「夜ふかしして、お父さんとかお母さんに叱られなかった？」

　わたしは俯いて、首を横に振る。

「うち、お父さんいないんだ。お母さんは、いるけど、夜は家にいないから」

　わたしは新くんに、うちの家族のことを話した。お父さんが他の女の人を好きになって家を出て行ったこととか、それからお母さんはお酒をいっぱい飲むようになって、あんまり家に帰らなくなったこととか。もう、近所の人とかクラスの子たちは知っていることとだけれど、自分から誰かに話したのは初めてだった。

「そうなんだ」

　話し終わって、わたしは顔を上げる。新くんと目が合った。新くんは眉毛をちょっとだけ下げて笑った。

「だからいつも早くここに来てたの？　家にいるのが寂しいから」

「うん……同じ班の子たちに嫌われてるから、一緒に登校したくないのもあるけど。時間を遅くするよりは、早くしたかった。おうちにいるよりは学校のがいい」

「ぼくと一緒だね」

「新くんと？」

わたしが訊き返すと、新くんはこくんと頷いた。

「ぼくもね、お父さんいないんだ。お父さんはぼくたちに内緒でいっぱい借金してて、ぼくが小学生になるちょっと前くらいに、逃げるみたいにひとりでいなくなった。それからはお母さんとふたりで暮らしてる」

わたしは目を丸くした。驚いた。

だってわたしは、新くんみたいに明るくて人気者の子は、優しいお父さんとお母さんと一緒に、温かい場所にいるんだと思っていたから。わたしと同じだなんて、思いもしなかった。

「お父さんさ、いろんなとこから借金してたんだけど、よくないところからも借りてたみたいで、お母さんが勝手に連帯保証人ってやつにされてたんだ。他の借金は関係ないけど、その連帯保証人にされてた分はお母さんが返さなきゃいけなくて。それで、お金返すために、お母さんはぼくが起きる前から寝たあとまで毎日ずっと働いてる」

新くんは花壇のほうに目を遣った。膝に置いた両手に顎を乗せて、背中を丸くしていた。

「一緒に住んでても、お母さんと会わない日のほうが多いよ。最初はぼくが寂しくないように朝ごはん作っててくれたり、手紙を置いたりしてくれてたけど、最近はお母さんもあんまり余裕ないみたいで、そういうのなくなっちゃった。ぼくね、お母さんが一生懸命頑張ってくれてることわかってるけど、でも、やっぱり寂しくなるときもある」

新くんは小さな声でそう言った。

まだ学校は静かだ。

「おじいちゃんとおばあちゃんはもう死んじゃってて、頼れないんだ。美和ちゃんのところはおじいちゃんとおばあちゃんいる？」

「……いる、けど、会ったことない。お母さん、まだ高校生のときにわたしを妊娠して、お父さんとカケオチってやつしたんだって。そのせいで、おじいちゃんたちには会えないの。電話番号も知らない」

「そっか」

新くんの視線がわたしのほうに向く。

「ぼくたち同じだね」

新くんは笑っていなかった。わたしは唇をきゅっと引き結んだまま、こくりと頭を縦に振った。

なんだろう、この気持ち。

仲間ができて嬉しいような、でもどこか悲しいような。ひとりじゃなくて心強いような、けれど胸が変にざわざわするような。どう言えば伝わるかわからないから、わたしは新くんに何も言うことができなかった。

次の日の朝には新くんはノートを返してくれた。わたしが書いた花の物語を、新くんは「面白かった」と言ってくれた。

「途中でやめられなくて一気に読んじゃった。話も面白いし、植物のことを勉強できるし。美和ちゃんすごいよ。小説家になれるって」

前のめりになりながら新くんは言う。わたしは自分の小説を褒められて、恥ずかしいやら嬉しいやら、目があちこちにぐるぐる泳ぎまくっていた。

「しょ、小説家なんて、無理だよ。わたしには」

「なれるよ絶対。すごく面白いもん。ねえ、続きも書いてくれない？　ぼく読みたい」

「続き、書けるかな。全然、キャラクターとか他に考えられてなくて」

「ぼくも考えるの手伝うよ。出して欲しい花いっぱいあるんだ」

「……新くんが一緒に考えてくれるなら、できるかも」

「うん。楽しそうだね」

新くんはいろんな花の種類を教えてくれた。わたしはノートの一番後ろのページにそれをメモした。

ふたりで話していると新しいキャラクターと書きたい物語がどんどん頭に浮かんでくる。ひとりじゃ絶対にできないことだ。新くんがいるから、わたしもやりたいことを見つけられる。

わたしは授業中もずっと物語のことを考えていた。早く家に帰って、花の王国の新しい物語を書きたかった。

長い授業がやっと終わって、わたしは急いで家に帰った。いつもはあんまり家にいたくないから、ゆっくり歩いて帰るけれど、今日はランドセルのベルトをぎゅっと握り締めて、駆け足で通学路を進んだ。

家に帰ると、お母さんがいた。学校から帰ったときにお母さんがいるのは久しぶりだった。

「お、お母さん、ただいま」

お母さんは居間のテーブルに座って項垂(うなだ)れていた。少し寒そうなキャミソールと、短いスカートを穿(は)いていた。テーブルにはビールの缶がいっぱい置いてある。玄関までビールのにおいがしている。

「……美和」

お母さんがのそりと顔を上げる。

化粧が取れて、目の周りが真っ黒になっていた。わたしは台所と居間の真ん中に立ったまま、息を止めてお母さんを見ていた。

「な、何、お母さん」

「ああ、美和。あんたなんでいるの」

「なんでって、学校、終わったから」

「もう、なんでなの。せっかくいい感じになってたのに、子持ちだってばれたら連絡付かなくなった。なんでよ、あたしのこと愛してるって言ってくれたのに。あの人まであいつみたいにあたしのこと捨てた！　もう、何もかも最悪！　うぅう！」

お母さんが頭を掻きむしる。わたしは心配になってお母さんのそばに駆け寄った。

「お母さん、大丈夫？」

肩に触ろうとした手を、けれど先にお母さんに摑まれた。お母さんはわたしの右手首をぎゅうっと握り、顔を上げ真っ赤な目でわたしを睨んだ。

「美和、あんたがいなきゃあたしは幸せになれるのに。なんでいるの」

「お、お母さん？」

「あんたさえ産まなかったらあたしはこんなクソみたいな人生歩まなかった。全部あんたのせいだよ。あんたさえいなきゃ……あんたがこの世にいなかったら！」

金属みたいなお母さんの声が、家の中に響いた。唾を飛ばして、おでこに血管を浮かび上がらせて……クラスの子たちの視線なんてもう二度と怖いと思わないような目で、お母さんはわたしを見ている。

ふう、ふう、とお母さんは何回か肩を上下させた。そのあとで、はっとしたように唇を開いて、慌ててわたしの手を離す。

「ご、ごめん。美和。嘘だよ、今の全部嘘。お母さん、そんなこと思ってないから」

お母さんは優しい顔になって、わたしの頭を撫でた。

わたしは何も言わずに俯く。スカートを握り締めている自分の手は、少しだけ震えている。

「お母さん美和がいなきゃ生きていけないの。美和だけなの。お母さんには美和しかいないの。ねえ、お願い、信じて」

さっきまでと全然違う声で、お母さんはそう言った。わたしはお母さんを見ないまま頷いた。お母さんは、わたしのことをぎゅうっと両手で抱き締めた。

お母さんが悪いわけじゃないことはわかっている。

お母さんは、悲しいだけなんだ。お父さんが、お母さんとわたしを捨てていなくなったから。悲しくて、寂しくて、どうしたらいいかわからないんだ。だからわたしはお母さんのそばにいてあげなくちゃいけない。

ひとりぼっちが寂しいことをわたしはよく知っているから。お母さんがひとりぼっちにならないように、わたしがいてあげなくちゃいけない。

お母さんの家族は、わたしだけしかいないんだから。

新くんと校舎裏の花壇で会うようになって二ヶ月以上が経った。あと少しで一学期が終わり、長い夏休みが始まる。

わたしの物語はあまり進んでいなかった。でも新くんは「ゆっくりでいいよ。楽しみにしてる」と言ってくれる。だから、絶対に満足いくまで書き上げたかった。夏休みは一日中家にいるから、その間にたくさん書いて、二学期に新くんをびっくりさせようと思った。

「美和ちゃんっておうちどこ？」

終業式の日、新くんがふと思い出したみたいにわたしにそう訊いた。

「うち？　晴ヶ丘二丁目だよ。アパートの二階」

「え、美和ちゃんも晴ヶ丘に住んでるの？　ぼくんち晴ヶ丘の五丁目だよ」

「そうだったんだ。知らなかった」

五丁目は、わたしが住んでいる晴ヶ丘の一番上のほうの地区だ。晴ヶ丘は広いから、歩いていくと少し遠い。それに坂道が続いて大変で、わたしは五丁目までほとんど行ったことがない。

「ぼくんちの近くにね、近所の人に人気のレストランがあるんだけど」

「レストラン?」

「『洋食屋オリオン』っていう、オレンジ色の可愛い建物なんだよね。オリオン座のオリオン。二十年以上前からやってるらしいけど、聞いたことある?」

わたしは首を横に振る。

「料理がすごく美味しいんだよ。オムライスとか、ハンバーグとかがあるんだ。前は時々お母さんと行ってたんだけど、ずっと行けてなくて。でも最近ね、お店のおばさんがぼくをお店の中に入れて、料理をごちそうしてくれるんだ。ぼくがいつもひとりでいることを心配してくれたみたいで、少しでも寂しくないようにって」

「へえ……優しいね」

「ねえ。美和ちゃんもおいでよ。オリオンの料理すごく美味しいからぼくと半分こしよう」

「行けないよ。五丁目は遠いから、ひとりで行ったのがお母さんにばれたら怒られちゃう」

「そっかあ」

「でも、ひとりで行けるようになったら、行きたい」

そう言うと、新くんはぱあっと表情を明るくした。

「ね。美和ちゃんは料理何が好き?」

「わたしは、なんだろう。わかんない。美味しいのは全部好き」

「ふふ。ぼくも」

オムライスもハンバーグも、ケーキも、甘いスープも。もうずっと食べていないけれど、全部好きだ。想像するだけでお腹が空いてきてしまう。食べたいな。今は無理だけれど、中学生くらいになったらひとりで五丁目に行けるかもしれない。高校生になったらアルバイトもできるし、そしたらお金を払って食べにも行ける。

楽しみだ。早く大きくなりたい。

「ねえ美和ちゃん。二学期もここで会おうね」

「うん。夏休みが終わったら書いた小説見せるね」

「約束ね」

新くんが笑った。わたしもおんなじように笑って、こくりと強く頷いた。

夏休みに入ってから、お母さんが家に帰ってこなくなった。

夜も戻っていないみたいだ。わたしはひとりきりの家で、ノートに物語の続きを書いた。

ごはんは家にあったものを掻き集めて食べた。なくなったら、家中からお金を探し出して、コンビニに買いに行った。

何日かして、扇風機が付かなくなった。冷蔵庫も使えないから、牛乳とかは買えなくなった。夜は灯り(あか)がないから物語が書けなくなった。わたしは朝にお日様がのぼったら起きて、暗くなったら寝ることにした。

暑いから手に汗をかいて、ノートがすぐにしわしわになる。ハンカチを下に置くようにしたけれど、ハンカチもあっという間に湿ってしまった。

窓を開け、机を日陰に移動させて、物語を書いた。頭に浮かんでいるものを文字にして、ノートに鉛筆で世界を描いた。小説を書いている間はとても楽しかった。嫌なことも、苦しいことも、悲しいことも全部忘れて、幸せな物語のことだけを考えることができた。

一度、隣のおばさんがうちに来た。お母さんが帰って来ていないと言ったら、警察に連絡しようかって言われたけれど、断った。

お母さんは、絶対に帰ってくるはずだ。だってお母さんにはわたしがいなきゃいけないから。お母さんは、わたしがいなきゃ生きていけないから。だから絶対に帰ってくる。わたしはここで、物語を書きながら、お母さんのことを待つ。

お母さんが寂しくないように。帰ってきたら、ちゃんとおかえりって言ってあげられるように。わたしは、お母さんを待たなきゃいけない。

八月が何日か過ぎた日。起きたら体に力が入らなかった。いつも寝起きは汗をかいているけれど、今日はそれ以上にパジャマがびっしょり濡れて、唇がかさかさになっていた。

頭がふらふらする。のどが渇いた。水が欲しい。体が熱くて、手足が自分のものじゃないみたい。

どうにかお布団から起きて、水を飲みに台所に行こうとした。その途中でばたりと転んだ。一度転んだら起き上がれなかった。

少しして、ピンポンと音がした。

「ねえ、大きい音がしたけど大丈夫？」

隣のおばさんの声だ。大丈夫、と言いたかったけれど、声が出なかった。

家の鍵は、いつお母さんが帰ってきてもいいように開けっ放しにしている。おばさんは、何回かピンポンを鳴らしたあとに、「開けるよ」と言ってドアを開けた。そしてわたしを見て悲鳴をあげた。そのあとのことは、わたしはよく憶えていない。

気づくと知らない場所にいて、知らない人たちがわたしを覗き込んでいた。あとから知ったけれど、そこは家の近くの病院で、わたしを見ていたのはおじいちゃんとおばあちゃんだった。

わたしは熱中症という病気で倒れたらしい。隣のおばさんが救急車を呼んでくれて病院に運ばれたそうだ。栄養失調っていうのもあって、三日間も眠り続けていたみたい。そんなに寝ていたなら今日の夜は眠たくならないかもしれないと思ったけれど、別にそんなことはなく、消灯時間より前に寝てしまった。

おじいちゃんとおばあちゃんは、警察からの連絡でここまで来たらしい。今まで会ったこともなかったのに、わたしが目を覚ますと、泣いて喜んで、ぎゅうっと抱き締めてくれた。

何日かして退院した。アパートには帰らずに、わたしはそのままおじいちゃんとおばあちゃんの家に住むことになった。

お母さんのことを何回も訊いたけれど、お母さんがどこにいて何をしているのか、誰もはっきり教えてくれなかった。わかったのは、すぐには会えないということだけだった。

「美和は、お母さんに会いたい？」

病院から駅に行くタクシーの中で、おばあちゃんにそう訊かれた。わたしはこくんと頷(うなず)いた。

「なら、まだこの先も美和が許してくれるなら、いつかはお母さんもうちに呼んで、家族みんなで一緒に暮らそうね」

おばあちゃんはそう言ってわたしの頭を撫でた。わたしは、タクシーの後ろの窓から、遠くに見えている晴ヶ丘を眺めた。

新くんに、お別れを言えなかった。わたしのたったひとりの友達。

二学期になってわたしがいなくなったことを知り、どう思うだろうか。友達が多い新くんはわたしのことをすぐに忘れてしまうだろうか。そもそも夏休みの間にすっかり忘れているだろうか。そうかもしれない。新くんしかいなかったわたしと違って、新くんは、たくさんの友達がそばにいるから。

でも、もしも。

もしもあの子がずっとわたしを待っていたら。

同じ傷を塞ぎ合うように一緒にいたわたしたちが、一緒にいられなくなったら。新くんはどうなるんだろう。

新くんは、これからもひとりで、あの花壇の前にいるんだろうか。

約束をひとつも果たせないわたしを待って。

「…………」

ぽろりと涙が落ちた。次々溢れて、どれだけ拭っても止まらなかった。声をあげずに泣くわたしを、おばあちゃんは「辛かったねえ」と何か勘違いしながら撫で続けていた。

小学三年生の夏。わたしは晴ヶ丘を離れ、遠い遠い土地に引っ越した。

そして二十年が経った。

『次は、晴ヶ丘二丁目、晴ヶ丘二丁目』

バスのアナウンスが聞こえ、すぐ横にある降車ボタン押した。ブー、と音が鳴り響き『次、停車します』と声が流れる。

わたしはバスの窓からぼんやりと外を眺めていた。二十年ぶりに見る景色は随分と違うものになっていると思っていたが、存外見覚えのあるものが多かった。丘の下の小学校。うねった坂道と真っ直ぐの階段。こぢんまりとした郵便局、壁に蔦(つた)の這(は)う何かの店。

バスがゆっくりと停車した。わたしはバッグを持って立ち上がり、ＩＣカードで運賃を支払ってバスを降りた。

晴ヶ丘二丁目。わたしが小学三年生の頃まで住んでいた場所だ。晴ヶ丘は、四十五年前に開発が行われ、新興住宅地として生まれた土地だという。わたしが住んでいたときにはすでに「新しい町」というイメージはなかったが、それから二十年が経った今はなおさら、古くささささえ感じるようになっていた。

しかし廃れている様子はない。かつてのニュータウンは現在も多くの人が暮らしている。

駅から乗り合わせ、一丁目で降りて行ったおじいさんが言っていたが、晴ヶ丘の住人は晴ヶ丘が好きな人が多いらしい。わたしはこの土地に愛着も執着もなかったから言われたときにはぴんと来なかったが、降り立ってみると、なんとなくわかるような気がした。ほどよく便利で、のんびりと静かでもあって、景色もよく、丘の下の町とは違う空気が流れている。

もしも大人になってから晴ヶ丘に来ていたらわたしも気に入っていただろう。よくない思い出を持っている今、好きになれるかどうかはわからない。

バス停から少し歩き、細い道の続く住宅街に入った。道の途中で見覚えのある一軒家を見つける。わたしがいつも時計代わりにしていた、毎朝七時に犬の散歩に出かけるおじさんの住んでいた家だ。表札は以前と同じ名前が掲げられているが、二階の窓からは柴犬(しばいぬ)ではなく三毛猫が顔を覗かせていた。

つと振り返る。わたしが母と暮らしていたアパートはなくなっていた。

跡地には、真新しい一軒家が三棟建っていた。わたしは足を進める。緩やかな丘の坂道を、上へと向かって歩いていく。

晴ヶ丘で生まれ、九歳まで育った。しかし晴ヶ丘の上のほうにはほとんど行ったことがなく、アパートの跡地から坂をのぼった先は見慣れない景色が広がっていた。

学校を終えた子どもたちがわたしの横を駆け上がっていく。元気だなあと思いながら、額にうっすらかいた汗を拭う。

今までも何度か晴ヶ丘に来ようと思ったことはあった。しかし決心がつかず、仕事の忙しさもあってなかなか来ることができずにいた。

あっという間に二十年が経ち、わたしは間もなく二十九歳になる。今行かなければ二度と行くことはないだろう、そう思い、今日この日、二十年ぶりに晴ヶ丘にやって来た。

当てなどなく、適当な道を適当に進んだ。道端には雑草が咲いている。ハルジオン、シロツメクサ、オオイヌノフグリ、セイヨウタンポポ。公園の花壇も鮮やかな花が植えられていた。ネモフィラ、ヒヤシンス、マーガレット、ワスレナグサ。

晴ヶ丘は日当たりのいい土地が多いから、植物も至るところに育っていた。見かける植物の名前を心の中で呟き（つぶや）ながら、同時に、忘れたことのない男の子の存在を頭に思い浮かべた。

わたしが植物に詳しくなったのはその男の子の影響だ。その子がいろんな花の名前を教えてくれて、覚えるようになった。本当は、植物にはあまり興味はなかったけれど。その子がいつも楽しそうに話すから、わたしも同じ話題を楽しみたくて、必死になって勉強した。

佐久間新くん。小学生だったわたしのたったひとりの友達で、初恋の人。

二学期も花壇の前で会うと……わたしの書いた小説の続きを見せると、そう約束したのに、わたしはそれを果たせずに晴ヶ丘を離れてしまった。

新くんの家の住所も電話番号も知らなかったから、ずっと彼との連絡は取っていない。わたしの新しい家の連絡先ももちろん伝えることはできなかった。

今、新くんは何をしているのだろうか。まだ晴ヶ丘に住んでいるのか、それとも彼もどこか別の土地へ引っ越したのか。わからないし、知る術もなかった。それを知りたいと思ってここに来たわけでもない。ただ、晴ヶ丘に来て、いつもより色濃くあの数ヶ月を思い出す。

目を遣った電柱に街区表示板が付けられていた。晴ヶ丘五丁目と表記がある。気づけば随分とのぼって来ていたらしい。五丁目は晴ヶ丘の一番上にある地区だ。

道なりに進むと、ガードレール越しに丘の下を見下ろせる場所があった。わたしが通っていた小学校も、一時期入院していた病院も見えていた。

しばらく景色を眺めてから、ぐう、と腹の虫が鳴ったのを合図にふたたび歩きだした。空は薄暗くなりはじめている。いくつかの家に灯りが点いていた。どうしようかと考える。

どこかで食事を取りたいが、駅のほうまで戻ろうか。それともこのあたりにいい店があるだろうか。できれば近くに何かあればいいのだけれど。

そう思いながらぶらぶらしていると、ふと一軒の建物が目についた。濃いオレンジ色の瓦屋根と、薄いオレンジの外壁が可愛らしい建物だ。木製のドアを挟んで大きな出窓が付いており、中から明るい光が漏れ出していた。つられるように近づくと、入り口に看板を見つける。『洋食屋オリオン』とあり、ドアにはその名を示すようにオリオン座を模ったアイアン飾りが掲げられていた。

「……オリオン」

新くんが教えてくれた店だ。当時ですでに創業から二十年以上経っているという話だったが、まだやっていたとは驚いた。

中からは空腹を刺激するいい匂いがしていた。わたしはドアを開ける。からんとカウベルが鳴り響く。

店内は広くなく、テーブル席が五つあるだけだ。カウンターの向こうがキッチンになっていて、若い女性と思われるシェフが調理をしているのが見える。

「いらっしゃいませ」

ホールにはスタッフがひとりいた。十代の男の子だった。わたしはほんの少し息を止めた。その男の子の顔が、新くんにそっくりだったから。

「…………」

さらりと柔らかい黒髪。白い肌。すっきりとした奥二重の目、細い鼻筋。

新くん、と思わず呼ぼうとしたほどだ。しかし口にしかけた名をぐっと呑み込んだ。

この子は明らかに高校生だ。新くんであるはずがないし、胸に着けた名札には『桐嶋』と書かれている。見知らぬ名字だった。つまり他人の空似というやつだ。

「空いているお席へどうぞ」

三席はすでに埋まっており、わたしは空いている二席のうち、出窓の前にあるテーブルに座った。メニュー表を開いていると、男の子が水とおしぼりを持ってきた。

「ご注文が決まりましたらお声かけください」

「はい、ありがとうございます」

男の子はにこりと笑んだ。改めて見てもやはり似ていた。新くんが成長したら彼のような青年になっていただろう。

「蒼くん」

ふとカウンターの向こうから声がかかる。蒼くんと呼ばれた男の子は「はあい」と振り向いて、キッチンへと入っていった。

わたしはメニュー表に視線を落とす。洋食屋と店の名にあったように、オーソドックスな洋食が並んでいる。トマトソースオムライスにカルボナーラ、煮込みハンバーグ。お腹が減っているから、どれも美味しそうに思えて迷ってしまう。

しばらく悩んでから決めた。「すいません」と、隣のテーブルにスイーツを運び終えたところの蒼くんに声をかける。

「はい、ご注文お決まりですか?」

「カツカレーをお願いします」

「カツカレーですね。かしこまりました。少々お待ちください」

蒼くんはぺこりと頭を下げ、オーダー票をキッチンに持って行く。わたしはメニュー表を閉じて頰杖を突いた。窓の外はすっかり暗くなっていた。

「にゃうん」

猫の声がして、思わず出窓の外を覗いた。しかし猫の姿はない。すぐ近くで聞こえた気がしたが。

「にゃむにゃ」

また声がした。まさかと思い、視線を窓の反対側に向けると、テーブルの足元に一匹の黒猫がお座りしていた。

「え、猫?」

つい声をあげてしまった。すると、キッチンから慌てた様子で蒼くんが出てくる。

「あ、すいません。うちの店、猫ちゃんも働いていまして。猫大丈夫ですか？」

「え、ええ。大丈夫です。知らなかったので驚いただけで。こちらこそすみません」

「いえいえ。テーブルに乗ったり食べ物を欲しがったりはしないのでご安心ください。ネロ、お客さんのお邪魔にならないようにしなよ。くるみさんに叱られるからね」

「にゃうにゃあ」

　黒猫は言葉を理解しているのか、「わかってるよ」とでも言いたげな顔で蒼くんを見上げ、尻尾(しっぽ)をぴんと立てながら他のテーブルへ行ってしまった。蒼くんが「すいません」ともう一度言う。わたしも大丈夫ですともう一度返したが、蒼くんはなぜか立ち去らず、じっとわたしのことを見ている。

「……あの、何か」

「あ、えっと、あの、すみません。違ったら申し訳ないんですけど、もしかして、尾形美和先生じゃないですか？」

　蒼くんはわたしに顔を寄せ、内緒話をするようにそう言った。わたしはぱちりと瞬(まばた)きをし、頷(うなず)く。

「はい。わたしの作品を知ってくださっていたんですね」

「やっぱり！　前に雑誌で先生のお顔を拝見したことがあって。ぼく、花の王国シリーズ大好きなんです。うわあ、すごい、まさかこんなところで尾形先生に会えるなんて。どうしよう、嬉しいです」

蒼くんの反応は社交辞令とは思えない。そもそもわたしの顔を知っている時点でコアなファンであることは間違いないだろう。

花の王国シリーズは小説家としてのわたしの代表作だ。花をモチーフにした世界観のファンタジー小説で、ティーン向けに恋愛と友情、伝説と冒険という心躍る要素を取り入れた。大学在学中に第一巻を刊行し、今年は記念となる十巻目が発売される。わたしにとって特別な作品であった。

「ぼく、兄がいるんですけど、もともと兄に勧められて読みはじめたんです。兄も花の王国シリーズが大好きで」

「へえ、お兄さんが」

「はい。兄は先生の作品が好き過ぎて、花の王国を世界で最初に読んだのは自分だ、なんてことも言っているんですよ。そんなわけないんですけどね」

「ふふ、そうですか」

わたしはほこりと笑ってしまう。読者と直接かかわれる機会などほとんどないから、こうして声をかけてもらえると嬉しくなる。

「実はわたし、小学三年生までこの晴ヶ丘に住んでいたんです。だから地元にそんな熱心な読者さんがいてくれてありがたいです」

　そう言うと、蒼くんは「え」と素っ頓狂な声を出した。まん丸い目でわたしを見る。

「先生って、ここの出身なんですか？」

「ええ。公表はしていませんが」

「嘘……じゃあもしかして、お兄ちゃんの言ってたことって本当なのかな」

　蒼くんは急に眉根を寄せ、右手を顎に当てた。

「どうかしました？」

「あ、いや、あのですね、うちの兄が、先生と小学校の同級生で、そのときに先生がノートに書いていた花の王国を見せてもらったって言ってたんですよ。でも先生の公表されてる出身地が違うから、そんなはずないでしょってぼくは言ってて。兄は生まれも育ちも晴ヶ丘だから」

　でも先生が晴ヶ丘の出身なら、と蒼くんは言って、言葉を止めた。

　確かにわたしは、祖父母と暮らした土地を出身地として公表していた。晴ヶ丘に住んでいたことはどこのメディアにも、担当編集者にすら語ったことはない。だから、わたしの本当の地元がここであると知っているのは、ここに住んでいた頃のわたしを知っている人だけだ。当時のわたしを、憶えていてくれた人だけ。

　心臓がゆっくりと鳴り響く。二十年も前の記憶が、色も、匂いも、感情までも、鮮明に頭に流れる。

「お兄さんの、お名前って」

　自分の指先をぎゅっと握りながら訊ねた。蒼くんは、わたしの頭に浮かんでいた名前を口にした。

「新です、桐嶋新。あ、でもそのときってぼくが生まれる前だから、お母さんの旧姓かな。えっと確か、佐久間だったはず。知ってますか？　佐久間新」

　蒼くんが問う。わたしは答えなかった。

　知っているか、なんて、当たり前だ。二十年間、一度だって忘れたことなどないのだから。

　今のわたしの道を示してくれた、たったひとりの友達の名だから。

「新くん」

　呟いた声は震えていた。

　見開いた目から涙が溢れ、わたしは咄嗟に顔を伏せた。

　これは奇跡だろうか。また彼の名前を聞けただなんて。彼が——新くんが、わたしを憶え続けていてくれたただなんて。夢みたいだ。

「ちょ、ちょっと、ちょっと待っててください」

　慌てた声が頭上から聞こえる。

「くるみさん、今からお兄ちゃんに電話してもいいですか？　お兄ちゃんの言ってたこと嘘じゃなかったみたい！」

「え？　新さん？　嘘じゃなかったってどれのこと？」

「花の王国のこと！」

「よくわかんないけどいいよぉ」

蒼くんがばたばたと駆けていく足音がしていた。わたしはハンカチを取り出して両目を押さえた。

ずずっと洟を啜り顔を上げる。周りのお客さんはこちらを気にしない素振りを見せてくれているが、おそらく何事かと思っているだろう。恥ずかしい。穴があったら入りたい。

なるべく気配を消そうとしたところで黒猫がふたたびやって来た。何も誤魔化せないけれど、何かを誤魔化すように、わたしは黒猫の頭を撫でた。

「あの、尾形先生」

間もなく蒼くんが戻ってくる。キッチンからは食欲をそそるカレーの匂いがしはじめている。

「一時間くらい時間ありますか？　それくらい貰えたらお兄ちゃんここに来るって。あの、ぜひ会ってあげてほしいんですけど」

大きく身振り手振りしながら蒼くんは言った。わたしは目頭を指先で拭い「はい」

と答える。

「わたしも彼に会いたいので。よろしくお願いします」

蒼くんは、記憶の中の新くんとよく似た表情で頷いた。


カツカレーはとても美味しかった。ジューシーなカツとコクたっぷりのカレーが合っていて、少し多いかなと思っていた量をぺろりと平らげてしまった。

皿を下げてもらい、コーヒーを頼んで、わたしは新くんを待っていた。その間ひと組が帰り、ふた組が新たに入店した。

「尾形先生」

黒猫と戯れたり、適当にノートにアイディアを書き出したり、ぼんやり外を見ながら過ごしていると、蒼くんに声をかけられた。客が入れ替わり忙しなく働いていたが、ようやくひと息ついたようだ。

「先生、今って満腹具合どんな感じですか？」

「今は……八分目ってところでしょうか」

「サラダとか食べられたりします？」

「サラダ？」

はい、と蒼くんは言う。

「実は、うちのシーザーサラダの野菜、ぼくが裏の菜園で作ったものを使っていまして。よければ先生に食べてもらいたいなって。あの、代金はもちろんぼくが払いますから」

蒼くんは目を伏せている。ちらと見遣(みや)ると、カウンターの向こうからシェフの女の子が見守っていた。

わたしは堪(たま)らずふっと笑った。

「お願いします。支払いはわたしがします」

「あ、はい。いえ、ぼくが払いますって」

「自分が欲しいと思ったものは自分で対価を支払いたいんです。あなたに言われたからとしぶしぶ頂くわけではありませんから」

「……わかりました。ありがとうございます。すぐにご用意いたします」

深く頭を下げ、蒼くんは急いでキッチンに戻っていった。わたしは残っていたコーヒーをひと口飲む。黒猫は、いつの間にかカウンターの横のカゴで寝ていた。

五分も経たずにサラダはわたしのテーブルにやってきた。

涼しげな透明の器に、緑と赤の色鮮やかなベビーリーフが盛られていた。クルトンと粉チーズ、そして香りのいいシーザードレッシングがかかっている。

「ベビーリーフはその時々で種類を変えていて、今はルッコラと小松菜、レッドオークとビートを使っています。シーザードレッシングはうちのシェフのお手製です」

わたしはカトラリーケースからフォークを取り、器に盛られた野菜をドレッシングに絡めながら刺して、口に運んだ。

しゃり、しゃりと、噛むたびに音がする。青さの香る野菜は柔らかく、それでいて瑞々(みずみず)しい歯ごたえがある。ドレッシングはほどよい酸味とコクがあり、数種の多彩な味わいの野菜と巧妙に引き立て合っていた。

「すごく美味しいです。サラダがこんなに美味しいなんて」

「えへへ、ありがとうございます」

「このお野菜、あなたが育てたと言っていましたが、植物に詳しいんですか？」

「はい。兄の影響で」

蒼くんがはにかんだ。わたしはサラダをもうひと口食べる。この美味しさなら、たとえ満腹だったとしても食べられてしまいそうだ。クルトンの食感もいい。甘さのある粉チーズもドレッシングと合っている。

「あの、先生。兄に会いたいって言ってくれて、ありがとうございます」

食べながら見上げた。蒼くんは唇を引き結び、真面目な顔でわたしを見ていた。

「ぼく、兄のことが大好きなんです。兄はぼくの恩人だから。だから、兄が、たぶんずっと会いたがっていた先生に会わせてあげることができて、嬉(うれ)しいんです」

「恩人？」

「はい」と蒼くんが言う。

「ぼく、中学生の頃いじめに遭って、学校に行ってなかったことがあったんです。そのときのぼくは心が荒んでて、自分は駄目人間だ、これからも何にもなれないって思い込んでいました。そんなとき兄が、引きこもっていたぼくを、自分が働いている植物園に連れて行ってくれたんです。その日だけじゃなく毎日のように。兄はたくさんの植物の話をしてくれて、ぼくはそれが楽しくて」

それから植物に興味を持つようになり、いつの間にか自分でも勉強するようになったと蒼くんは語る。

「オリオンに連れて来てくれたのも兄です。ここの料理は美味しくて心がほっとするからって。確か、そのとき何かのきっかけで、ぼくが植物の勉強をしていることをシェフのくるみさんに話したんですよ。そしたらくるみさん、じゃあ学校行ってなくて暇そうだしうちの菜園の世話しに来てよって言いだして。あれはさすがにびっくりしました」

蒼くんが笑った。隣のテーブルのお客さんもこっそりと笑っている。

ちらとカウンターを見るとシェフのくるみさんと目が合った。向こうには聞こえていなかったのだろう、きょとんとした顔をしていた。

「でも、それから本当にここに来させてもらうことになったんですよ。言われたとおり一生懸命菜園の世話をしているうちに、もっと植物の勉強をしたいと思うようになりました。兄みたいに植物の研究をする人間になろうって夢を持つようになったんです。だから、勇気を出して学校に行くようになったし、高校にも進学できました。今はここでアルバイトしながら、勉強もして、自分の目標に向かって頑張っています」

蒼くんはそして、一度ゆっくり呼吸をした。

「お兄ちゃんがいたから、今のぼくがあるんです」

わたしと同じだ。

あの日、新くんと会ったから。新くんと話をして、友達になったから。だからわたしは物語を書きはじめた。きみと一緒に作り上げた、わたしたちの物語を。

あの日の約束は果たせなくても、いつかこの物語がきみに届けばいいと願って。どんなときも、わたしにとって何より大切だった物語を書き続けた。

あのふたりきりの校舎裏で始まった物語を、今も、書き続けている。

「わたしも同じ。わたしも、新くんがいたから、今のわたしがあるの」

感謝を伝えたかった。そして謝りたかった。何も言えずに晴ヶ丘を離れてしまったことを……新くんをひとりぼっちにしてしまったことを、きみへのお礼が言えなかったことを、ずっと謝りたかったのだ。

――からん。


カウベルが鳴りドアが開く。蒼くんによく似た細身の男性が店内に入ってくる。

記憶の中の姿よりもずっと精悍な大人になっていた。けれど、記憶の中の優しく穏やかな彼のままでもあった。

柔らかい黒髪、白い肌、すっきりとした奥二重の目、細い鼻筋。年相応の顔つきになっても当時の面影は残ったまま、浮かべる表情も変わっていない。

「美和ちゃん」

店に入ってきた新くんは、わたしを見てすぐにそう呼んだ。

彼を目にしたらまた泣いてしまうのではないかと不安だった。だが実際に新くんに会って湧き出したのは、小学生のときに校舎裏の花壇の前で待ち合わせていたときと、まったく同じ感覚だった。

「新くん、久しぶり」

「うん。久しぶり」

仕事を終えて直接来たのか、随分ラフな服装をした新くんは、わたしの向かいに腰かけた。すると、まず視線がテーブルの上に向けられる。

「あ、蒼のサラダ食べてる」

すかさず蒼くんが口を挟む。

「ぼくのじゃないよ。ドレッシングはくるみさんの自信作なんだから。くるみさんとぼくのサラダだよ」

「ごめんごめん。ぼくにもサラダひとつちょうだい。あと日替わりスイーツをふたつ」

「……かしこまりました」

慇懃(いんぎん)無礼に言って、蒼くんはキッチンに向かって行く。

「あれぼくの弟。可愛いでしょ。十二も歳離れてるんだけど」

新くんがこっそりと蒼くんの背を指さした。

「蒼くんから聞いたよ。弟ができてたんだね」

「うん。四年生のとき、借金を返し終わったタイミングで母さんが再婚してさ。それからは結構、なんていうか、幸せだったかな。母さんは一緒に過ごしてくれるようになったし、父さんとも仲よくなれたし、弟もできたしね」

「そう」

「両親とは今も仲良しだよ。昔のことが嘘みたいに、家族みんな、ずっと一緒」

新くんが笑う。わたしはほっとしていた。よかった、新くんはこの二十年、ひとりぼっちではなかったのだ。

「美和ちゃんは？　夏休みの間に引っ越したって聞いたけど」

「うん。知ってるかもしれないけど、母が児童虐待で逮捕されてね、遠方に住んでた祖父母に引き取られたんだ。それからずっと祖父母の家で暮らしてた。今は実家を出てひとり暮らししてるけど、祖父母とはしょっちゅう会ってるよ」

「そうだったんだ」

「母とはあれから一度も会ってないけどね。わたしは母ともう一度一緒に住んでもいいと思ってたんだけど、向こうに断られてさ。罪悪感があるみたいで、もうわたしと暮らすことはできないって。手紙のやりとりだけはしてて、母は今、真面目に働いて、ちゃんとした生活をしてるみたい。今の距離が、わたしにとっても母にとっても一番いい形なんだと思ってる」

願った家族にはなれなかった。けれど望んだものは手に入れた。わたしも、新くんも、ひとりぼっち同士で手を取り合ったあの日から、たくさんの大切なものを得た。

それを増やして、夢を叶（かな）えて、今と未来を生きている。

「ねえ新くん、約束守れなくてごめんね」

わたしが言うと、新くんは首を傾げた。

「約束？」

「夏休みに入る前約束してたよね。二学期にも会うことと、小説の続きを見せること」

ああ、と新くんは言い、目を細くして笑う。

「二学期にも会うことはともかく、小説の続きは読ませてくれたじゃない」

「え？」

「尾形美和先生、ファンです。握手してください」

新くんが右手を差し出した。わたしは頬に熱が溜まるのを感じた。思わずぺしりと手を叩くと、新くんは顔を綻ばせた。

「何、簡単にはファンサービスしてくれないって？」

「ていうか、新くんがわたしの本を読んでてくれたなんて驚いたよ」

「いやぼくこそ。本屋さんで花の王国と美和ちゃんの名前を見たとき、どれだけびっくりしたと思ってるの」

「わたし、新くんが花の王国のことを憶えてるなんて思わなかった。そもそも、わたしのことだって」

「それ本気で言ってる？　忘れられるわけないでしょう」

新くんの目が真っ直ぐにわたしを見ていた。子どもの頃のわたしは、その視線に自分だけが映っていることが嬉しかった。だから初めて書いた花の王国の物語にそのときの思いを映したのだ。

主人公のデイジーはわたし。そしてデイジーが密かな恋をしていた男の子サクラは、わたしの中では、新くんの姿をしていた。

「新くん、植物の研究する人になったんだってね。夢叶えたんだね」

サラダの器に視線を落とす。野菜は思い出のように鮮やかな色をしている。

「うん。大学の付属の植物園に勤めてる。毎日楽しいよ」

「そう。よかった」

「ねえ美和ちゃん、なんで今、晴ヶ丘に戻って来たの？」

新くんに問われ、わたしは「うん」と呟く。

本当は、ずっとここへ来たかった。新くんに会いたかった。でも来る勇気がなかった。辛い記憶のある土地への恐怖もあった。けれど、それだけじゃない。約束を守れず、自分だけ温かい家族ができたことを後ろめたく思っていたのだ。あれからの新くんのことを知るのが怖かった。

でもやっぱり会いたくて、二十年経ちようやく決意した。

「けじめ、みたいなものかな。人生の節目に、きちんと前を向いて進むために、ずっと心に溜まっていたものと向き合おうって思ったの」

「節目？」

「うん。わたしね、来月結婚するんだ」

左手の薬指に嵌めた銀の指輪を撫でる。今のわたしにとって、一番に大切な人がくれたものだ。

父親に捨てられ、母親に蔑ろにされて育ったわたしは、自分の家族を持つことに前向きにはなれなかった。それでも結婚を決めたのは、わたしを愛してくれた祖父母と婚約者、そして、分かり合える人と出会えることを教えてくれた、新くんの存在があったからだ。

わたしはもうすぐ、新しい人生を歩む。

「そう。おめでとう」

新くんは微笑んだ。

蒼くんが新くんの分のシーザーサラダをテーブルに運んでくる。新くんは「ルッコラと小松菜、レッドオークとビート」とベビーリーフの種類を当ててみせた。

「すごいね。さっき蒼くんが教えてくれたとおりだ」

「これでも一応専門家なので」

「桐嶋新先生、尊敬します。握手してください」

さっきの新くんを真似して右手を差し出した。新くんは苦笑いして、やり返すみたいにわたしの手をぺしりとはたいた。

笑い合って、同じシーザーサラダを食べる。やっぱり美味しい。甘くて、ほんのり酸っぱくて、青くて、少しだけ切ない味がする。

「新くん、会えてよかったよ」

目を見ずにそう言った。

「うん」と呟き、新くんの手が止まる。フォークがかしんと器に触れる。

「ぼくは、本当はさ、美和ちゃんが本を出しているのを知ってから、手紙を書こうって何度も思ってたんだ。でもぼくは、あのときの美和ちゃんのために何もできなかったから。きみがぼくのことを恨んでるんじゃないかって少し怖くて、連絡することができなかった」

わたしはたまらず顔を上げる。

「何それ、そんなこと思うわけないよ。感謝しかない。だって、新くんのおかげで今のわたしがあるのに」

「うん。ありがと。それを知れただけで、本当に、会えてよかったってぼくも思う。きみが幸せでいてくれてよかったって」

真っ直ぐに目を合わせ、新くんが微笑んだ。わたしは少し唇を噛んだ。

ああ、やっぱり。ここに来てよかった。もう一度新くんに会えてよかった。あのときも今も、前へ行く背を押してくれるのはきみの存在だ。

新しい人生を歩む前に、過去と向き合おうと思った。しっかりと前を見るために。ほんの少しだけ残っていた不安を拭い去るために。

「ぼくは美和ちゃんの書く花の王国が好きなんだ。これからもずっと応援してる」

「うん……ありがとう」

ごめんね。ありがとう。きみはわたしにとって、昔も今も、何よりも特別な人。

からんと店のカウベルが鳴る。穏やかな店内は、常に誰かの話し声と、柔らかい料理の香りで満ちている。

「実はぼく、きみが初恋だった」

目を伏せて、優しい表情で新くんが言った。

「わたしも」

ようやく、少しだけ涙が出てきた。

今日だけ泣いて、でも明日(あした)からは真っ直ぐ前を向いて歩いて行けそうな気がする。

春は、もう終わろうとしている。

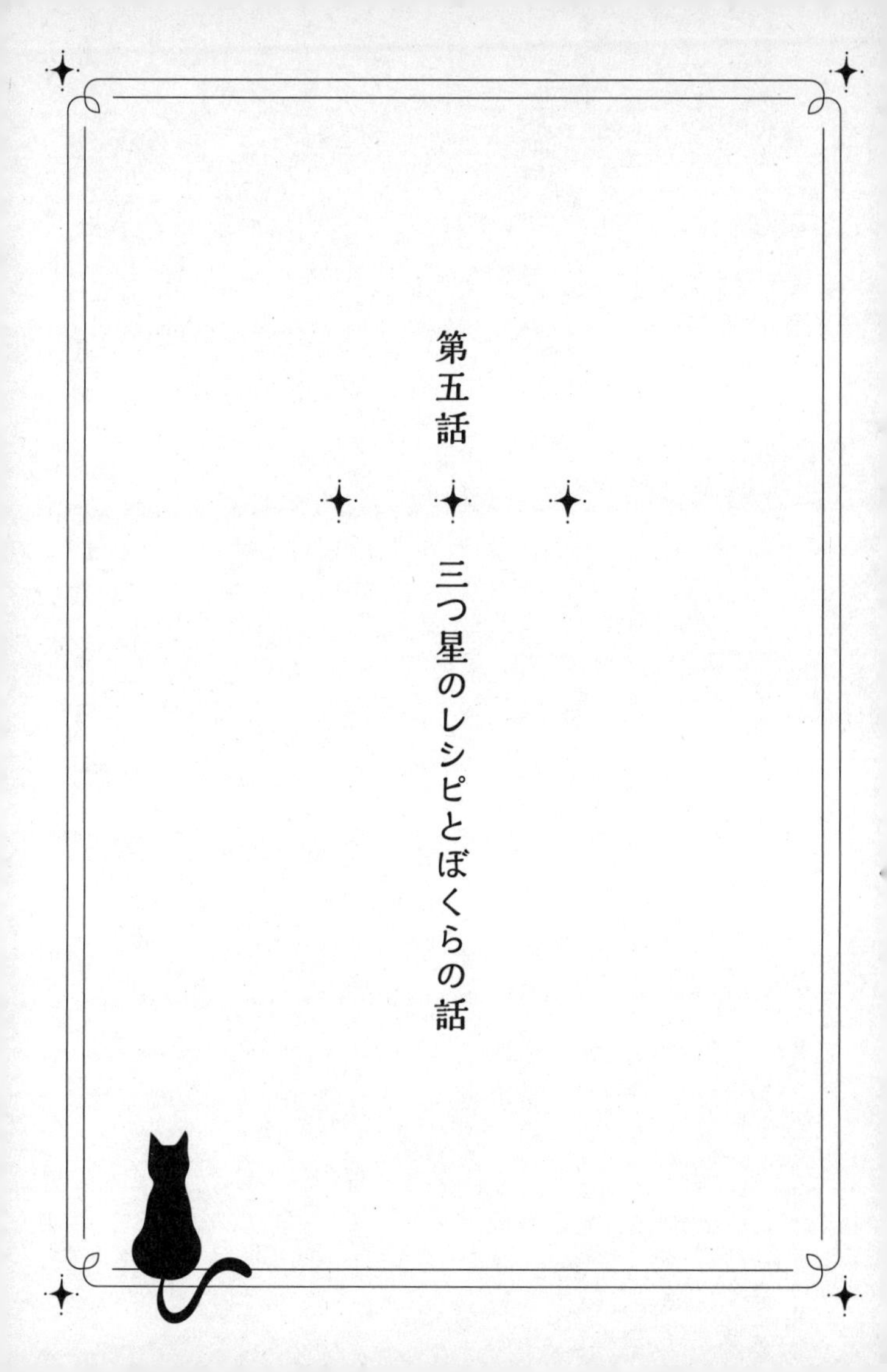

第五話

三つ星のレシピとぼくらの話

「トマトソースオムライスひとつと、ビーフシチューひとつ」

「了解」

真湖ちゃんが注文を受けて、すぐにくるみが調理を始める。お客さんを待たせるわけにはいかない。でもオリオンのシェフはくるみひとりしかいないから、いかに手際よくできるかが重要になる。

手を抜くことは絶対にできない。自慢の料理を理想の形で提供するには、調理方法を工夫し下準備をしっかり行うことが大事だ。とは、くるみがよく言っていることである。

「すみません、お会計お願いします」

「はあい」

キッチンでくるみがばたばたしている間、客席では真湖ちゃんがばたばたしていた。日頃のんびり経営しているオリオンも、忙しいときだってたまにはある。そんなときはやはり、仲間同士で協力し合わなければいけない。だから、大変なくるみと真湖ちゃんの代わりに、食事中のお客さんへの愛嬌を振りまく仕事はぼくが責任を持って請け負っている。

「にゃむにゃ」

週に三回は来るおじさんのところに歩み寄る。このおじさんは「食事処に動物なんて」と怒ったふりをするけれど、他のみんなが見ていないところでは顔中を蕩けさせてぼくを撫で回す。ちょっと変なおじさんだ。でもまあ、お客さんなので、ぼくはどうぞと自慢の黒毛を撫でさせてあげている。

今日も、真湖ちゃんがレジにいる隙におじさんはぼくの頭を撫でくり回した。他のお客さんのお会計が終わり、真湖ちゃんがカウンターから出てくると、おじさんはすっと座り直してぼくをしっしと追い払う。本当に離れて行ったら、おじさんは少し悲しそうな顔をした。我慢して。あとで真湖ちゃんが目を離したときにもう一度行ってあげるから。

「にゃうん」

次は赤ちゃんとママのテーブルに向かう。赤ちゃんはお世話が大変で、ママはゆっくり食事を取ることができない。でもぼくは、オリオンに来てくれたお客さんみんなに料理をゆっくり味わって食べてほしいと思っている。だから忙しいママの代わりに、ぼくが子守りをしてあげるのだ。

背伸びをしてキッズチェアに前脚をかけた。するとぼくに気づいた赤ちゃんが声をあげる。

さあママ、今のうちにハンバーグを食べるといい。そのハンバーグはすごく柔らかくて美味しいんだ。ソースも自慢なんだ。ぼくは食べさせてもらったことないんだけれど。

「んにゃにゃ」

ぼくがひょいと前脚を上げると、赤ちゃんは高い声をあげて喜んだ。ぼくは爪をしまったまま、赤ちゃんのぷくぷくの手の上に肉球を乗せてやる。赤ちゃんはやっぱり喜んだ。そうだろう。ぼくの肉球は世界を救うのだ。

ぼくが赤ちゃんの気を引いている間にママは無事にハンバーグを食べ終えた。それを確認してからテーブルを去る。さすがのぼくもちょっと疲れた。子どもの相手は大変だ。

「ネロ」

声がした。キッチンからくるみがぼくを呼んでいた。ぼくはキッチンへの立ち入りを禁止されているから、カウンターの入り口のところまで歩いていく。

「ネロ、あのお客さん、もうとっくに食べ終わってるんだけど、ネロが来るの待ってるから行ってあげて。そしたら帰るから」

くるみがこっそりと言い、さっきのおじさんがいるところを指さした。やれやれ、仕方ない。真湖ちゃん、ちょっと目を逸(そ)らしていてくれ。

おじさんはふたたびぼくを撫(な)で回すと、満足して帰って行った。ぼくはおじさんの座っていた椅子から出窓にのぼり、伸びをしてあくびをしてもそりと前脚を体の下にしまった。

穏やかな昼の日差しが気持ちいい。ランチの時間が間もなく終わる。『洋食屋オリオン』は引き続き営業を続けるけれど、ぼくはほんの少しだけ休憩しよう。

そうだ、せっかくだから、微睡(まどろ)みながら寝入ってしまうまでの間。

ぼくとくるみと、オリオンの話を誰かさんにしようと思う。

ぼくとくるみが出会ったのは十八年前。ぼくが生まれて間もない頃のことだ。ぼくらはこのオリオンの裏の庭で出会った。死にかけて鳴くこともできなかったぼくを、まだおちびさんだったくるみが見つけてくれたのだ。

その頃のくるみは小学生で、オリオンのシェフをしていたのは、くるみのおばあちゃんであるあずきさんだった。くるみは元々丘の下に住んでいたのだけれど、その頃は訳あって、あずきさんと一緒にオリオンの近所にあるあずきさんの家で暮らしていた。

なんでも、学校で友達に嫌なことをされて、怖くなって学校に行けなくなってしまったらしい。それを聞いたときぼくは驚いた。そんなことをするやつがいるのかって。信じられなかったけれど、蒼くんも同じ理由で学校に行けなくなったと知り、本当に嫌なやつっているんだなって納得した。もしもそいつがオリオンに来たら、ぼくが引っ掻いて追い払ってやることに決めた。

さて、学校に行けなくなったくるみは一日中家にいることになったのだけれど、くるみのお母さんがそれを心配したようだ。くるみのお母さんは看護師をしていて、毎日忙しく働いている。簡単に仕事を休むこともできず、家でひとりきりのくるみに付いていてやることができなかったのだ。

そしてあずきさんに相談した。そしたらあずきさんは、くるみの心が大丈夫になるまで、あずきさんの家に来ることを提案した。

「ねえくるみ。しばらくおばあちゃんちで暮らさない？　おばあちゃんひとりで大変だから、できればオリオンも手伝ってほしいんだけど」

くるみは了承した。その次の日から、くるみは晴ヶ丘にあるあずきさんの家で暮らすことになり、朝から夜まで、あずきさんと一緒にオリオンで過ごすことになった。

真湖ちゃんやぼく、蒼くんがいる今と違い、そのときはあずきさんひとりしかオリオンにいなかったから、あずきさんはそりゃもう大変だった。準備をして、調理をして、片づけをして、接客をして、菜園の世話もして。でもあずきさんは全部ひとりでやってのけていた。

「最初はそりゃ大変だったけど、慣れよ」

と、あずきさんはよく言っていたっけ。とにもかくにも、慣れたところで大変なのは変わりないから、くるみは一生懸命にあずきさんのお手伝いをした。お客さんに水を運ぶのは基本的にくるみの仕事。慣れてきたら注文も取るようになった。時々は料理を運ぶこともあったようだ。

まだ子どものくるみは、大人みたいに上手に仕事をすることはできなかった。でもオリオンのお客さんはみんないい人たちばかりだから、拙(つたな)いくるみのことを優しく見守って応援してくれていた。

自分を肯定し、認めてくれる人たちの中で、心に傷を負ったくるみは、少しずつ、本当に少しずつだけれど、その傷をかさぶたに変えていった。

くるみがぼくを見つけたのはそんなときだ。

ぼくは野良だったお母さん猫から生まれた。兄弟はいなくて、ぼくだけが生まれてきた。ぼくのお母さん猫はぼくが生まれて何日かするとぼくのところに帰ってこなくなった。ぼくはまだひとりで生きていけないのに、ひとりぼっちにされてしまったのだった。

ぼくは頑張って鳴いた。誰かに助けてほしかった。でも誰も助けてくれなくて、寒くて、お腹が空（す）いて、死んでしまいそうだった。

どうにか美味（おい）しい匂いのするほうへよたよたと歩き、朝の香りのする草むらの中で力尽きた。もう頭を上げることも、鳴くこともできなかった。

「大丈夫？」

体が温かいもので包（くる）まれる。ぼくは何も言えずに、知らない人の匂いのする布の中で体を丸くする。

「おばあちゃん、大変。死にかけた猫ちゃんいる」

すると、もうひとつ別の声が聞こえてくる。

「何、猫ちゃん？　うわ、生まれたてじゃない」

「牛乳あげていい？」

「待って、牛乳は子猫にあげちゃ駄目だった気がする。ご近所さんに猫飼ってるとこあるから、ミルクないか訊（き）いてくる。中に入れて、温めてあげて」

「うん」

ぼくは何かに抱っこされて、風の当たらない場所に連れて行かれた。少しして、口の中の甘い味に気づき、目を覚ました。いつの間にか寝ていたみたいだ。口のところに美味しいものを付けられている。

ぺろと舐めて、これはお母さんのおっぱいだ、とわかった。ぼくはもっとちょうだいと言った。

「あ、ちょっと鳴いた」

「ミルク飲もうとしてるね。生きようとしてる証だわ」

ぼくは久しぶりにお腹いっぱいになるまでおっぱいを飲んだ。満足して寝て、起きたら病院という恐ろしいところに連れて行かれていたけれど、恐怖を味わって疲れてまた寝て、起きたら、今度は温かな毛布に包まれていた。

「おばあちゃん、猫ちゃん、目開いた」

ぼくの目の前には女の子がいた。まん丸の目をした、ほっぺの美味しそうな女の子だった。

「ほんと？　先生に綺麗に目ヤニ取ってもらったからね。あらま、綺麗なお目めの子じゃない」

女の子の後ろからもうひとりぼくを覗き込む。女の子とどこか似た顔の、でも女の子よりずっと長く生きていそうな人だった。

女の子はくるみ、もうひとりの人はあずきさんというそうだ。ぼくは赤ちゃんだったけれど、赤ちゃんのときから賢いから、すぐにふたりの名前を覚えた。

くるみとあずきさんは、ぼくらが出会ったオリオンっていうところで、ごはんを作る仕事をしているらしい。でも今日はぼくのためにオリオンをお休みして、寝床のある家に戻ってきているみたい。

ありがとうとぼくは言った。するとくるみが「どういたしまして」と歯の抜けた顔で笑った。

「くるみ、猫ちゃんの言葉わかるの？」

「うん、なんとなく。今ありがとうって言った」

「あらま。どういたしまして」

あずきさんがぺこりと頭を下げた。礼儀正しい人たちだとぼくは思った。

「ねえおばあちゃん、この子飼っていいよね」

くるみが言う。飼う、というのは、ぼくもここで一緒に暮らすという意味らしい。

ぼくは賛成だった。外は怖いし寂しい。ここでくるみたちと暮らしたい。

けれど、あずきさんはいいよと言わず、困ったような顔をする。

「でもこの子、生まれたてで弱ってるし、一日中お世話が必要だよ。おばあちゃんとくるみはオリオンに行かなきゃいけないから、その間この子はおうちにひとりでいなきゃいけなくなる」

「わたしがおうちに残ってお世話する」

「それは絶対に駄目。くるみをひとりにしておくわけにはいかない」

「でも……」

「ご近所さんが、里親が見つかるまでお世話してくれるって言ってたから、その方にお願いしよ。それがこの子のためでもあるし」

あずきさんが言う。くるみはしばらく唇を尖らせ、むっつり黙り込んでいた。やがて何か思いついたみたいに目と口をぱっと開ける。

「すごくいい考えがある。この子もオリオンに連れて行けばいいんだよ」

くるみはこの世で一番大切なことに気づいたかのような顔をしていた。ね、とぼくに向かって言うから、ぼくはとりあえず「みー」と鳴いた。

「オリオンに連れて行けばわたしがお世話できるよ。ねえおばあちゃん、それならいいでしょ」

くるみは言うが、あずきさんはやっぱり渋い顔をしている。

「でもうちは飲食店だからねえ、猫ちゃんを店に入れるのはどうだろう」

「動物がいるレストランならいっぱいあるよ。大丈夫だって。キッチンには絶対に入れないようにするから」

「人が多く出入りするところはこの子にとってもよくないよ」

「慣れるまではバックヤードから出さないようにする」

絶対約束する、とくるみは両手を握り締める。

あずきさんは腕を組んでうんうん唸っていた。でも、しばらくして、体が萎んじゃうんじゃないかというくらい大きな溜め息を吐いた。

「仕方ない。よしとしよう。オリオンは『誰も寂しくならないお店』だからね。その『誰も』の中には、猫ちゃんだって入ってるよね」

あずきさんはそう言ってぼくのちいちゃな頭を撫でた。ぼくはこそばゆくて目を細くした。

「やった！　おばあちゃんありがとう！」

「でもくるみ、生き物を飼うっていうのは簡単なことじゃないし、たくさんの責任が伴うことなの。わかってるよね」

「うん、わかってる」

「この子ために、ちゃんとお世話をすること。絶対に自分勝手な理由でほうりだしたりしないこと。おばあちゃんと約束できるね」

「約束する」

くるみとあずきさんは小指を絡めて「約束」ともう一度言い合った。そのあとで、ふたりで一緒にぼくを撫でた。心がほくほくして気持ちよかった。

「ねえ、『誰も寂しくならないお店』って何?」

ぼくに毛布を巻き直しながら、ふとくるみが言う。あずきさんが毛布に巻き込まれたぼくの右耳をちょんと外に出した。

「くるみに話したことなかったっけ? おばあちゃんがオリオンを始めたときにこっそり決めた、お店のテーマみたいなものだよ」

「テーマ?」

「そう。オリオンはね、寂しくならないためのお店だったの。一番目はね、くるみのお母さんたちが寂しくないように。二番目はおばあちゃん自身が。それから、オリオンにやってくるお客さんたちがみぃんな寂しくないように。心がほっとして、温かくなれる料理を出すの。それがオリオンのテーマ」

ぼくは毛布の中でぬくぬくと満たされ、また眠たくなってきていた。夢心地の中で、あずきさんの声を聞いていた。

「おばあちゃんがオリオンを始めたきっかけはね、おじいちゃんが亡くなったことだったの」

あずきさんの番は、あずきさんが三十歳のときに病気で死んだという。あずきさんには三人の娘がいて、一番下——くるみのお母さんは、そのときまだ四歳だった。

人間が母親だけで子どもを育てていくのは難しい。それでもあずきさんは家族のために頑張ろうと決意し、近所の洋食店で働きはじめた。元々料理が得意だったあずきさんは、あっという間に洋食のレシピを覚え、優秀な料理人としてそのお店で働いた。なんとか家族を養っていけるお給料を貰えるようになり、これなら大丈夫とあずきさんは安心していたみたいだ。けれどある日、子どもたちの表情が暗いことに気づいた。子どもたちは、寂しかったのだ。あずきさんが朝早くから夜遅くまで働いているから。たくさんお喋りもできないし、一緒にごはんも食べられないし、隣で眠ることもできないから。自分たちのためだと割り切れないくらい、子どもたちは、寂しくて仕方なかったのだ。

あずきさんは、これは駄目だと思った。たとえ子どもたちにひもじい思いをさせなかったとしても、愛情を満たしてあげられなければ、親として失格であるのだと。

ちょうどそのとき、晴ヶ丘の開発計画が最終段階に入ろうとしていた。土地の整備が終了し、居住者を募集していたのだ。飲食店を含んだ商店の開業者も募っていると、仕事先のお客さんから聞いた。あずきさんは迷わず手を挙げた。自分で店を持てば、子どもたちを仕事場に連れて来られる。いつだって一緒にいられる。寂しい思いをする人なんて、どこにもいなくなる。そう思ったのだ。

そしてあずきさんは晴ヶ丘に、濃いオレンジ色の瓦屋根と、薄いオレンジの外壁が可愛らしい『洋食屋オリオン』を開店した。たくさん借金をしたけれど、元来お気楽な性格なので、全然気にならなかったようだ。

　あずきさんの望みどおり、家族はずっとオリオンで一緒に過ごした。お客さんもたくさんやってくる丘の上の店は、いつだって明るくて賑やかだった。

「オリオン座は、真ん中にみっつの星が並んでるでしょう。あれはね、くるみのお母さんと伯母さんたちのことを表してるの。どんなときだってみんな一緒だよって」

　あずきさんの指がぼくのお腹を三回つつく。

「だからオリオンって名前なんだ」

「そうだよ。みんな一緒のお店ね。美味しい料理には幸せになる魔法がかかっているから、ここでみんなでお腹いっぱいごはんを食べるの。そしたら、めいっぱい温かくなれるでしょう」

　ほええ、とくるみの間の抜けた声がした。ぼくは、くああとあくびをした。

「ねえ、じゃあ、わたしにお料理教えてよ」

　くるみが言う。あずきさんが「え？」と訊き返すと、くるみは「いひっ」と悪戯っ子みたいに笑った。

「昔はお母さんたちがおばあちゃんと一緒にいたけどさ、今はお母さんも伯母ちゃんたちも、別のところで暮らしてて、おばあちゃんひとりでしょ」

「そうだねえ。ま、立派に独り立ちしてくれたんだからいいことだけど」

「だから、わたしがシェフになって、おばあちゃんと一緒にオリオンで働くよ。そしたらおばあちゃんひとりじゃないから、寂しくないよ。わたしもおばあちゃんと魔法の料理を作る」

くるみがにいっと歯抜けの口を横に開く。あずきさんはしばらくきょとんとしていたけれど、やがて声をあげて笑った。

次の日から、くるみはあずきさんに料理を習いはじめた。キホンのキから、少しずつ階段をのぼり、オリオンのレシピを学んでいく。

「ハンバーグに混ぜる玉ねぎは、先に炒めておくと甘みが出るよ。粘りが出るまで捏ねて、しっかり空気を抜くの」

「カルボナーラのコツは、卵とチーズを先によぉく混ぜておくこと。お水も足して粘度を調節してね。そしたらソースが滑らかなままパスタに絡んで仕上がってくれる」

「トマトソースは、まずにんにくをオリーブオイルで炒めて香りを出すの。それから玉ねぎとセロリを炒めてしっかり甘みを引き出す。トマトは皮を剝いてひと口大に切る。煮込むときに大事なのは必ずバジルを入れること。トマトの美味しさを引き立ててくれるからね」

くるみは一生懸命にあずきさんの話を聞いて、何度も何度も練習していた。大変だったと思うけれど、くるみは一度だって弱音を吐かなかった。

ぼくはといえば、無事にすくすく成長した。埃みたい、とくるみのお母さんに言われた体は二倍くらいに大きくなって、ぼさぼさけばけばしていた毛並みもつるんと綺麗に整った。体はこれからもっと大きくなり、毛並みももっと綺麗になる。とりあえず、ここまでお世話してくれてありがとねと、ぼくはいつもくるみとあずきさんに伝えていた。

ぼくは、くるみのことが大好きだから、頑張るくるみのことを応援していた。でもキッチンに入るとあずきさんに叱られてしまう。だから、ぼくはぼくにできることをした。バックヤードから出られるようになったら、くるみの分まで接客をするようになった。オリオンに来るお客さんたちが楽しくお食事できるように、ぼくがお手伝いしてあげるのだ。

そういえば、この頃にはぼくは名前をもらっていた。

ネロ、というかっこいい名前だ。イタリアっていう国の言葉で「黒」という意味があるらしい。ゴマとか、ヤマトとか、ジジとか、おはぎとか、いろんな候補が挙がった中で、くるみがネロを選んだ。耳の先から尻尾の先まで真っ黒い毛並みが自慢のぼくにぴったりの名前で、ぼくはすぐに気に入った。

ぼくがお客さんたちに愛嬌を振りまいている間も、くるみは料理の修業を続けていた。くるみの料理はお客さんには出せない。でも、仲のいい常連客とか、くるみのお母さんとか、伯母さんたちには時々食べてもらっていた。ぼくは食べさせてもらえなかったからわからないけれど、くるみの料理の腕はめきめき上達していったみたいだ。自信をつけたくるみは、なおのこと料理を頑張る気になった。そして、あずきさんのような料理人になりたいと、本気で思うようになった。

立派な料理人になるために今は勉強をしっかりしなければ。そう言ってくるみは何ヶ月も休んでいた学校にもう一度通いはじめた。あずきさんの家からも出て行き、お母さんと住んでいた丘の下の家に帰った。ぼくは、そのときにはオリオンの看板猫になっていたから、くるみは泣く泣くぼくをあずきさんに預けた。ぼくは、くるみの不在中はまかせておけ、と伝えて、あずきさんのオリオンを守ることにした。

くるみはオリオンに来られなくなったけれど、夏休みとか冬休みとか、学校が長い休みに入るたびに手伝いにやって来た。背が伸びて、中学生になって、高校生になってもやって来た。

「ネロ、まかない作るよ。今日はワンパンで作る、パンチェッタとしめじと、えっと玉ねぎも余ってるな……とにかくそこら辺のいろいろ入れたトマトクリームパスタ」

カウンターから見守るぼくの前で、くるみはカルボナーラ用のパンチェッタの切れ端を香ばしく焼き、しめじや玉ねぎなど、余った食材を適当に追加して炒めていく。

そこに水と牛乳、お塩とコンソメ、そしてオムライスとかに使うトマトソースをたっぷり入れて、そのまま硬いパスタも入れて煮込んだ。しばらく待てば、味の染み込んだトマトクリームパスタの完成だ。そこら辺にあったベビーリーフを添えれば彩りも素敵でいい感じ。

くるみは自作のまかないを美味(うま)いと自画自賛した。もちろんあずきさんも褒めていた。ぼくは食べさせてもらえないから、しぶしぶカリカリをカリカリと食べた。

くるみの料理の腕は、とっくにあずきさんと同じくらいになっていた。

高校を卒業したあと、くるみは一年間料理の専門学校に通い、そのあとは都会にある大きなホテルに就職した。オリオン以外の現場も経験すべきだ、というあずきさんの教えのもとであった。

くるみは五年間オリオンじゃない場所で料理をし続けた。

五年経ってようやく、

「そろそろオリオンで働かせてもらってもいいよね？」

と、くるみはぼくに相談をした。

ちょうど同じタイミングで、ぼくはあずきさんからもある相談を受けていた。何日かして、あずきさんはくるみを呼んだ。そしてオリオンのキッチンで、オリオンのレシピどおりのメニューを作らせた。

　ぼくはカウンターにのぼって、くるみが料理を作る様子を見ていた。オリオンのキッチンは広くない。流しにコンロ、大きな冷蔵庫、多くの食材が置かれた調理台、ぼくより年上のものもある調理器具。たくさんの物が、綺麗に大切に使われ続け並んでいるキッチンで、くるみは手際よく、迷うこともなく、あずきさんが作りあげたオリオンの料理を、自分だけの手で仕上げていく。

「はい。まずはトマトソースオムライス」

「次はカルボナーラ」

「煮込みハンバーグ」

「シーザーサラダとアップルパイ」

　あずきさんはくるみの料理をひとつずつ食べた。すごくゆっくり、味わって食べていた。

　もう何年も、あずきさんがくるみの料理にアドバイスを送ったことはない。くるみに教えることはもうないのと、あずきさんはぼくに言っていた。

「うん。オリオンの味。すごく美味しい」

「当たり前だよ。わたし就職してからも家でずっとオリオンのレシピを作り続けてたもん。今の職場でもたくさん勉強してるけどね、おばあちゃんからオリオンで学んだことはひとつだって忘れてないよ」

「うん。偉い。くるみの料理の腕はね、もうとっくにおばあちゃんを超えてるわ」

「そんなこと」

「ただしアップルパイ以外」

「え！」

「アップルパイは全然駄目。これはお客さんには出せない。まったく、くるみはスイーツ弱いのよねえ」

あずきさんが困ったように頰に手を寄せた。くるみは一応自覚があるようで、口答えせずにがっくり項垂(うなだ)れる。

「まあいいの。そこは考えがあるから。苦手なことは無理にしなくていいの」

「……考えって？」

「ねえくるみ」

あずきさんが言う。

調理台の前に立ったくるみと、丸椅子に座ったあずきさん。ふたりしかいないオリオンのキッチンで、ふたりは真っ直ぐに目を見合わせる。

「あなたにオリオンをまかせてもいい？」

ぼくにとっては予想していたとおりの言葉だった。でもくるみは、それを聞いて眉(まゆ)を寄せた。たぶんくるみは「オリオンで働いてもいいよ」って言われると思っていたんだろう。
「まかせるって、どういうこと？　おばあちゃんは？」
くるみが怖い顔のままあずきさんに詰め寄る。あずきさんはいつもどおりの飄々と
した顔で、ひらひらと皺だらけの右手を振った。
「おばあちゃんはねえ、ちょっと料理人を引退しようと思うの」
「は？　引退？」
「もう歳だからね。早くくるみに店を譲りたいなって思ってて」
「嘘だよ、だっておばあちゃんまだ働けるじゃん」
くるみの声がキッチンに響く。あずきさんはにこにこしたまま、くるみの言葉には
答えない。
店が開けばオリオンはいつだって賑やかだ。人の声とか、水の音とか、ことこと何
かが煮込まれる音とか、野菜を切る音とか、スプーンとお皿がぶつかる音とか、ぼく
が歌を歌う声とか。
今は、ひどく静かだ。
「なんで、だってわたし、おばあちゃんと一緒にオリオンをやっていくこと、ずっと
楽しみにしてたのに。それが、わたしの夢だったのに」
くるみの両目に涙が浮かんだ。それを見て、あずきさんはようやく少し焦った顔を

した。

「ごめんねくるみ。おばあちゃんもね、くるみと一緒にオリオンを続けていきたかったよ。くるみが料理人になるって決めてくれたときからずっとそのつもりだった」

「じゃあなんで」

「無理なの。おばあちゃん、ガンが見つかっちゃったの」

くるみが人形みたいに固まった。あずきさんは、お客さんの前では見せない……家族にしかみせない、おばあちゃんの顔で微笑んでいた。

「ちょっとよくないみたいでね、これからすぐ治療を始めなきゃいけない。だからもうね、オリオンでお客さんのために料理を作ることができないの」

「……本当に？　それお母さんたち知ってる？」

「これから言うところ。一番にくるみに言ったの。あ、ごめん。一番はネロだ」

「おばあちゃん、それ治るんだよね」

あずきさんは答えない。くるみの目が、涙でどんどんきらきらしていく。

「あのね」

あずきさんは立ち上がり、くるみの肩に手を寄せた。ぼくたちが出会ったとき、くるみはあずきさんよりもずっと小さかった。今はあずきさんのほうがくるみよりも小さい。なのに、くるみよりも大きく見える。

「本当は、もう店を閉めようと思ってた。娘たちが独り立ちした今、ここはもう必要のない場所だと思ってたから。でも、今もわたしの料理を食べに来てくれるお客さんがいて、店を守ってくれるネロがいて。オリオンの味を継いでくれたくるみがいる」

くるみは唇をへの字にしていた。そのおかしな顔を見て、あずきさんは目を線にして笑った。

「だからね、もう少しこの店を残したいの」

あずきさんの作った『洋食屋オリオン』が、あずきさんがいなくなってもこの丘の上にあるように。ここの料理を愛してくれた人たちにこれからも愛されるように。きっとこれからも、誰も寂しさを感じないように。オリオンを信頼できるシェフに託したいのだと、あずきさんは言った。

くるみは一層唇をひん曲げて、目にいっぱい涙を溜めていた。

返事はすぐにはない。でもくるみの心がとっくに決まっていることを、ぼくは知っている。

「わかった。やるよ。わたしがオリオンを引き継ぐ。わたしがオリオンを守るよ」

くるみは手の甲で瞼を拭った。目と鼻を真っ赤にしたくるみの顔を、あずきさんが大きな両手で撫でていた。

「ありがとうくるみ。オリオンをよろしくね」

「でもわたし、諦めないから。ずっと待ってる」

「何を？」

「おばあちゃんがまたシェフとしてオリオンに立つこと。わたし、おばあちゃんと一緒にオリオンで料理をすることが夢だったの。だから、おばあちゃんが戻ってくるまでオリオンを守る。それで、いつかおばあちゃんと一緒に、オリオンでシェフをするから」

だから絶対に元気になってと、くるみはあずきさんを抱き締めた。あずきさんは、ほんの少し間を置いてから、くるみの背中に腕を回し、ぽんぽんと優しく叩いた。

「ありがとう」

くるみの肩越しに、あずきさんがぼくを見る。

「ネロ。わたしがいない間、くるみをお願いね」

まかせておけとぼくは言った。

あずきさんは、お日様みたいな顔で笑っていた。


少しして、ホテルを退職したくるみが、二代目オーナーシェフとしてオリオンにやって来た。同じタイミングで真湖ちゃんも助っ人として働きはじめた。あずきさんの作戦だ。あずきさんは以前から、真湖ちゃんにオリオンのスイーツレシピを伝授していた。くるみの苦手な部分を別の人に補ってもらおうと考えていたのだ。真湖ちゃんもノリノリで修業し、やがてあずきさんに認められた。オリオンの料理はくるみが、スイーツは真湖ちゃんが受け継いでくれたのだった。

そのうち蒼くんが仲間になって、くるみと真湖ちゃんが悪戦苦闘していた菜園のお世話にも手が行き届くようになった。

くるみと真湖ちゃん、蒼くんとぼく。四人で一人前のぼくらで、あずきさんのオリオンを継いだ。

あずきさんは、くるみにオリオンを託してすぐに入院した。頑張って治療を続けていたけれど、なかなかよくならなかった。

くるみはあずきさんと一緒にオリオンのキッチンに立てるのを願い続けた。でも、あずきさんがオリオンにシェフとして戻ってくることはなかった。

あずきさんがいなくなっても、オリオンは今日も、丘の上で開店する。

閉店時間

オリオンのラストオーダーは二十時で、閉店時間は二十一時。

今日も最後のお客さんが満足そうな顔で店をあとにした。わたしはホールに出て、蒼くんとネロと共にお客さんを見送った。

カウベルが鳴り閉まったドアに『closed』の札を掛ける。

「よし、今日も無事に終わったね。さて、片づけようか」

閉店時間が来てもまだ仕事は終わらない。わたしが声をかけると蒼くんは早速ホールの掃除を始めた。わたしはまず売上金のチェックから。わたしは料理を作るのは得意だけれど、お金や在庫の管理はいまだに苦手だ。しかし店のオーナーとしてしっかりやらなければいけないことだから、毎日蒼くんや真湖ちゃんに助けられながらもどうにかこうにか頑張っている。

「くあぁ」

ネロは暇そうにあくびしていた。そのあくびが蒼くんに移り、わたしにも移った。

売上金を数え、問題ないことを確認し金庫にしまう。バックヤードに置いているパソコンで事務処理をしてから、蒼くんと一緒にキッチンの片づけを開始する。

「あずきさんって、これ全部ひとりでやってたんですよね」

お皿を洗いながら蒼くんがなんとはなしに言った。わたしは隣の流しで愛用の鍋(なべ)を磨いている。

「そうだね。従業員は雇ってなかったから。わたしも時々手伝うくらいだったし」

「すごくないですか？　くるみさんだってひとりで料理作って、一日中お店回して、すごいなあってぼくは思ってるんですけど、あずきさんはそれ以上のことをしてたってことですよね」

「まあね。わたしにはちょっと真似できないよ。でも真湖ちゃんと蒼くんがいるから、わたしはオリオンを守っていけるんだ」

元よりひとりで店をやろうと思ったことは一度もない。わたしは昔から、大好きな人と一緒にオリオンのキッチンに立ちたかったのだ。

思い描いていた未来とは違うかもしれないけれど、真湖ちゃんと蒼くんと作り上げる今のオリオンも、とてもいいものだと思っている。

「んにゃう」と声がした。振り向くと、ネロがカウンターに乗ってこちらをじとりと見ていた。

「ふふ、そうだね。ネロもいるね」

「にゃむ」

「あ、でもぼく、来年は受験生になるんでアルバイトできませんよ」

「え、そうなの？」

　たわしを握る手を止めた。蒼くんは泡だらけのスポンジを持ったまま、手の甲で眉毛のあたりを掻いた。

「夏くらいまではやるつもりですけど、そのあとはさすがに難しいかも」

「むむ……でも受験は大事だから仕方ないかあ」

「まあまだまだ先のことですけどね。それに、一応第一志望は家から通えるとこなので、そこに受かったら大学生になってもここでアルバイト続けたいと思ってます」

「うちより時給高いところいっぱいあるのに？」

「だってオリオンにいるのが楽しいから」

　蒼くんがほわんと笑う。いつの間にかわたしよりも背が高くなったが、いつまで経っても小さな子みたいな無邪気な表情のできる、可愛い子だ。

「じゃあ蒼くんが一旦受験に専念しても、代わりのバイトは雇わないでおくね」

「あ、くるみさんが大変だったら、ぼくのことは気にしなくていいですから」

「蒼くんがバイト始めるまでは真湖ちゃんとふたりでやってたし。どうとでもなるよ」

わたしは作業を再開する。蒼くんが「くるみさんも真湖さんも適当なところがあるから心配だなあ」とぼやくから、つい「ふふふ」っと笑ってしまった。わたしも真湖ちゃんもお気楽な性分なのは間違いない。蒼くんは不安だろうけれど、これまでもなんとかやって来られたのだから、これからだってなんだかんだでやっていけるのだろうと、わたしはのんきに思ってしまう。

誰かに望まれる限り、きっとこの店は在り続けるから。

「休み中も、時々は菜園のお世話はしに来ますからね。やらないとぼくも気になって、勉強に集中できないと思うし」

「うん、よろしくね。そのときは好きなもの食べさせてあげるよ」

「え、じゃあ毎日来ようかな」

「受験勉強しなよ」

洗剤を濯ぎ蛇口を閉める。布巾(ふきん)で鍋を丁寧に拭(ふ)き、他の鍋の隣に置く。

貫禄(かんろく)のある調理器具たちの半分ほどはおばあちゃんの代から使っているものだ。どれもオリオンの味の染み込んだ、この店に欠かせないものだった。

おばあちゃんが四十年以上かけて作った店は、たくさんの人に愛された。今も愛してもらっているから、わたしはその期待に応(こた)えたいと、毎日料理を作っている。

——からん。

閉店したはずの店のカウベルが鳴った。ネロが顔を上げ「うにゃん」と嬉しそうに鳴いた。

「こんばんは。まだやってる？」

自慢のグレーヘアを揺らし、杖を突きながらやって来たその人は、当たり前のように閉店後の席へ腰掛けた。わたしは蒼くん越しに客席を覗き、これみよがしに溜め息を吐く。

「とっくに閉まってるよ、おばあちゃん」

「うふふ、知ってる」

ネロがカウンターから下りておばあちゃんの隣の椅子に飛び乗った。おばあちゃんは皺の増えた顔を綻ばせ、細い指でネロの頭を撫でた。

蒼くんと目を合わせると、肩を竦めて笑っていた。わたしはもう一度息を吐いて、カウンターに頬杖を突いた。

「どっか出かけてたの？」

「うん。さっきまでお友達と映画観に行ってたのよ。アクションがすごいやつ」

「そういうの好きだよねえ」

闘病生活でおばあちゃんは随分と痩せた。一時はベッドから起き上がれない状態だったが、最近では体力も戻り、ひとりで出歩くことも増えたようだ。店に立つことはないが、料理ももちろん続けている。おばあちゃんの腕には、わたしはまだ敵わない。

「夜ごはんは食べた？」

「実はまだなのよ。中途半端な時間にお茶しちゃったせいでなかなかお腹が減らなくて。だからこれからくるみと何か食べに行くか、作ってもらおうかなって思って」

「うぅん、まだ片づけ途中だし、作ってもいいけど」

「あ、ならぼくがまかない作りましょうか。最近くるみさんに教わったメニュー、作ってみたかったんですよ」

蒼くんが言った。おばあちゃんが「いいわね」と声をあげる。

「それじゃあ蒼くんのお手並み拝見といきましょうか」

「え、やっぱやめます」

「冗談よ。まかないなんて気軽に作ってなんぼなんだから。お願いできる？」

「わかりましたけど、点数つけないでくださいね」

「うふふ」

二十一時半。閉店した丘の上の『洋食屋オリオン』に、ふたたび美味しい匂いが立ち込める。

わたしは発注業務を終わらせ、おばあちゃんのいるテーブルに座った。間もなく蒼くん特製のトマトクリームパスタが運ばれてくる。トマトソースと牛乳を混ぜたまろやかなクリームに、ブロッコリーとキャベツとパンチェッタが入っている。わたしが昔からよく作っているまかないメニューのひとつだ。

「あらま美味しそう。蒼くん、この料理の一押しポイントは？」

「もちろん、彩りに添えたルッコラです」

迷いないひと言に思わず笑ってしまった。ネロも「にゃうにゃ」と目を細めていた。

「じゃ、夜ごはんにしましょうか」

蒼くんも席に着き、三人で手を合わせる。

明日の朝になったら真湖ちゃんにこのことを話そうか。きっと羨ましがるはずだ。わたしも一緒に食べたかったって。

「いただきます」

いっぱいに頬張ってお腹を満たす。お腹が満ちれば、いろんなことが大丈夫だと思えるようになる。

今日もオリオンが誰かのお腹を満たしたように。明日もこの場所で、美味しい料理を作って、丘の上の『洋食屋オリオン』はお客さんを待っている。

誰のことでも待っている。

本書は書き下ろしです。
目次・扉デザイン／二見亜矢子
目次イラスト／ゆうこ

丘の上の洋食屋オリオン

沖田 円

令和6年 2月25日 初版発行

発行者●山下直久

発行●株式会社KADOKAWA
〒102-8177 東京都千代田区富士見2-13-3
電話 0570-002-301(ナビダイヤル)

角川文庫 24028

印刷所●株式会社暁印刷
製本所●本間製本株式会社

表紙画●和田三造

●お問い合わせ
https://www.kadokawa.co.jp/ (「お問い合わせ」へお進みください)
※内容によっては、お答えできない場合があります。
※サポートは日本国内のみとさせていただきます。
※Japanese text only

ISBN 978-4-04-114374-2 C0193

◇◇◇

角川文庫発刊に際して

角川源義

第二次世界大戦の敗北は、軍事力の敗北であった以上に、私たちの若い文化力の敗退であった。私たちの文化が戦争に対して如何に無力であり、単なるあだ花に過ぎなかったかを、私たちは身を以て体験し痛感した。西洋近代文化の摂取にとって、明治以後八十年の歳月は決して短かすぎたとは言えない。にもかかわらず、近代文化の伝統を確立し、自由な批判と柔軟な良識に富む文化層として自らを形成することに私たちは失敗して来た。そしてこれは、各層への文化の普及滲透を任務とする出版人の責任でもあった。

一九四五年以来、私たちは再び振出しに戻り、第一歩から踏み出すことを余儀なくされた。これは大きな不幸ではあるが、反面、これまでの混沌・未熟・歪曲の中にあった我が国の文化に秩序と確たる基礎を齎らすためには絶好の機会でもある。角川書店は、このような祖国の文化的危機にあたり、微力をも顧みず再建の礎石たるべき抱負と決意とをもって出発したが、ここに創立以来の念願を果すべく角川文庫を発刊する。これまで刊行されたあらゆる全集叢書文庫類の長所と短所とを検討し、古今東西の不朽の典籍を、良心的編集のもとに、廉価に、そして書架にふさわしい美本として、多くのひとびとに提供しようとする。しかし私たちは徒らに百科全書的な知識のジレッタントを作ることを目的とせず、あくまで祖国の文化に秩序と再建への道を示し、この文庫を角川書店の栄ある事業として、今後永久に継続発展せしめ、学芸と教養との殿堂として大成せんことを期したい。多くの読書子の愛情ある忠言と支持とによって、この希望と抱負とを完遂せしめられんことを願う。

一九四九年五月三日

角川文庫ベストセラー

角川文庫ベストセラー

震える教室　近藤史恵

歴史ある女子校、凰西学園に入学した真矢は、マイペースな花音と友達になる。ある日、ピアノ練習室で、2人は宙に浮かぶ血まみれの手を見てしまう。少女たちが謎と怪異を解き明かす青春ホラー・ミステリー。

みかんとひよどり　近藤史恵

シェフの亮二は鬱屈としていた。料理に自信はあるのに、店に客が来ないのだ。そんなある日、山で遭難しかけたところを、無愛想な猟師・大高に救われる。彼の腕を見込んだ亮二は、あることを思いつく……。

ホテルジューシー　坂木　司

天下無敵のしっかり女子、ヒロちゃんが沖縄の超アバウトなゲストハウスにて繰り広げる奮闘と出会いと笑いと涙と、ちょっぴりドキドキの日々。南風が運ぶ大共感の日常ミステリ!!

大きな音が聞こえるか　坂木　司

退屈な毎日を持て余していた高1の泳は、終わらない波・ポロロッカの存在を知ってアマゾン行きを決める。たくさんの人や出来事に出会いぶつかりながら、泳は少しずつ成長していき……胸が熱くなる青春小説!

肉小説集　坂木　司

凡庸を嫌い、「上品」を好むデザイナーの僕。正反対な婚約者には、さらに強烈な父親がいて――。(「アメリカ人の王様」)不器用でままならない人生の瞬間を、肉の部位とそれぞれの料理で彩った短篇集。

角川文庫ベストセラー